ワン・モア

桜木紫乃

角川文庫
18966

目次

十六夜《いざよい》

通り雨が上がった。

太陽が西の空に向かい、大きくなってゆく。潮の匂いが島に満ちると、水平線が黄金色に輝き始めた。北海道の日本海側に浮かぶ加良古路島《からころ》は、昼間は空と海、夜は月と星しかなくなる直径八キロの円い島だった。

柿崎美和《かきざきみわ》が加良古路島にやってきて、一年半が経った。長く不在だった診療所の医師が、スキャンダルを抱えてやってきた人間であることは島民の誰もが知っていた。

診療所にやってくる患者のほとんどが六十歳以上だ。糖尿、高血圧、神経痛という、薬の取り次ぎばかりで、緊急性があるものはすべてヘリと漁船で総合病院に搬送された。派遣される医師は病気の発見がおもな仕事で、治すことについてはほとんど期待されていなかった。

役場から派遣されている鈴木《すずき》清美《きよみ》が帰ったあとはもう誰も、滅多なことでは診療所を訪ねてこない。清美は美和よりもひとまわり年上の、五十に手が届く保健師だ。彼女が中学を卒業して看護師になると決めたとき、島中の人間が学費を出し合ったと聞いた。夜中の急患も診療所の美和より彼女の自宅へ連絡が入る。住民が安心して頼れるのは、島生まれの清美だった。

西の空では太陽がどんどん大きくなってゆく。夕日が黄金色に輝くのは、空気の中に塵《ちり》が少ないせいだ。金色のパノラマを見ていると、長い旅の途中にいるような不思議な気持ちになってくる。

診療室の電話が鳴った。美和に電話をかけてくる人間はいない。電波事情の悪い島では携帯も鳴らない。風が季節を教えながら通りすぎてゆくのを待つだけだ。良い報《しら》せという気はしなかった。美和はスリッパの音を響かせて階下に降り、五回のコールで受話器を取った。

「元気でやってる?」

滝澤鈴音《たきざわすずね》だった。彼女とはK高理数科の時代から医学部時代もずっと同じ環境にいた。技量と人柄、どちらをとっても同期の中では最も信頼できる内科医だ。

鈴音は父親の遺《のこ》した病院を再建すると同時に結婚した。風のたよりに別れたと聞いているが、細かないきさつは知らない。

「そっちの生活はどう?」

「どうということもないねぇ。暇だよ、相変わらず。わたしはどこにいても、あんまり変わらないようだ。そっちはどうなの。病院は順調?」

用向きはなにかと問うた。妙な間があいた。美和は黄金色の海に目を向け、電話の用件をもう一度訊《たず》ねようと口を開きかけた。鈴音がちいさなため息のあと、声のトーンを上げて言った。

「病院は順調なんだけど、わたしが大腸をやられちゃった。肝転移してるんだ。月単位かな」

「それで」と訊ねた。滝澤鈴音が自分を頼るときは、いよいよなのだと一瞬で覚悟を決めていた。

「うちの病院を頼みたいの」

どんな権威だろうと、ほかの医者の見立てというのは百パーセント信じないことにしていた。たとえそれがいちばんの信頼を置く鈴音でも同じだ。自分が行って、直接確かめなければならなかった。今回ばかりはひょっとすると、自分の見立てすら信じないかもしれない。

「今月いっぱいで現場から離れようと思う。先延ばしにしても、プラス一か月かな」

「わかった」

鈴音は、島に残した仕事があるのなら待つと言う。そんなものはなかった。

美和はなるべく早くに戻ると約束して、電話を切った。時計を見た。受話器を取ってから、十分も経っていなかった。

鈴音の声は、海を隔てて更に大雪山《たいせつ》を越えた向こう側にあるとは思えない近さだった。内科部長の言った「禊《みそぎ》」はあと半年残っているが、島をでることは可能だろう。診療所は閉鎖されて、総合病院との取り次ぎを清美が行う。お飾りの医師が去り、元に戻る。誰も困らない。

美和は再び二階に戻り、海に半分溶けている太陽を見た。じわじわと沈んでゆく太陽はさっきよりずっと光を増して、水平線は長い黄金の帯になった。上空にひとつふたつ、星が瞬き始めた。

島の夜は早い。午後七時を過ぎるころにはもう、誰も外にでない。食堂もなければ酒を飲ませる店もない。住民のほとんどが漁師か海にかかわる仕事をしていた。この島は、翌日の予報が好天であれば八時にはおおかたの家が明かりを消す。早朝の漁に備えるためだ。フェリーも観光客もこない、働くだけの島だった。

午後九時。美和はそうめんとハム、缶ビール一本の夕食を終えて、凪《なぎ》の海に向かって歩き出した。海岸を歩くときはゴム草履がいちばんだった。診療所から一分も歩けばすぐに港がある。十数隻の漁船が並ぶ岸壁を通り過ぎれば、そこから先は砂浜だった。小さな漁港だが、島民の生活に必要なものすべてがここから入り、人も物もみんなここから出て行く。

静まり返った夜の岸壁を十六夜《いざよい》の月が照らし始めた。満月より一日欠けたこの月は、十五夜よりも三十分ほど遅れて上ってくるというだけで、ためらいの意を持たされている。ためらいの長さを物語るように、夜明けまで沈まずに西の空に浮かび続ける。

係留された船のいちばん向こう端に、小さな灯があった。カンテラのほのほのとした明かりの下にいるのは、木坂昴《きさかすばる》だ。月の出ている夜、くらげのように港に出てくる七つも年上の女を待っている。美和も昴がいることを知っていて診療所を出る。この春から続いている逢瀬《おうせ》は、既に島の誰もが知っていた。

島は、昴が年上の女にたぶらかされているという噂でもちきりだ。鈴木清美にそれとなく注意されても、こうして昴が待っている限り美和は出てくる。誰もふたりが一緒のときは現れない。妻も彼を追ってはこない。

人々の心の中にあるものを、美和はあえて想像しない。目に見えないものを想像したところで、救われる人間などひとりもいない。加良古路島に赴任するにあたって柿崎美和が学んだことだった。

始まりは、当時美和が担当していた九十二歳の女性患者だった。意識混濁が一年以上続いており、胃瘻《いろう》と下の世話が欠かせない。口からものを食べられなくなったら長くて三年、と言われていた。患者は既に五年のあいだ、生死の境をさまよっては復活することを繰り返していた。妊娠中の孫がひとり見舞いにくるだけの患者。

どんどん大きくなってゆく腹を抱えた孫から、「もう限界です」という言葉を何度か聞いた。子供たちは別の土地に住み、誰も自分の街の病院に入れると言いださない。美和が担当になったころ、緊急連絡先は妊娠中の孫ひとりだった。祖母が危篤になるたびに彼女に連絡を入れる。夜中でも早朝でも、それは変わらない。患者はそのたびに奇跡的に息を吹き返した。

「先生、お願いです」

その年になって四度目の危篤という夜だった。大きなお腹を抱えてやってきた彼女が、目のふちを赤くして訴えた。

「頼むから祖母を楽にしてやってほしい」

美和は点滴のチューブから筋弛《し》緩《かん》剤を入れた。消えた脈拍の波。若い彼女に対して、静かに諭す方法もあったはずだった。

安楽死を頼んだ孫とは、それきり会う機会を与えられなかった。

「姪《めい》に聞きましたが、これってもしかしたら殺人なんじゃありませんか」

最初に口を開いたのは、患者の次男だった。

患者の命と一緒に、美和の中にあった偽善に包まれた魂も消えた。自分はもう、医者でも人でもないのだろう。ただのくらげ、と腹の中でつぶやいた。

船に近づくと、カンテラが闇の中で大きく光の円を描いた。「早くこい」という昴の合図だ。美和はほろ酔いが醒《さ》めぬうちにと「第一潮丸《うしおまる》」へと急いだ。

昴と初めて会ったのは四月の初めだった。漁が始まり、季節労働で島を留守にしていた男たちが戻ってきたころのことだ。明けきらない空にまだ星が瞬いていた午前五時、美和は診療所のブザーが鳴る音で目覚めた。急いで階下へ降りてドアを開けると、左の肩口をタオルで押さえた男が立っていた。

「縫ってくれ」

男はそう言うと、血に濡《ぬ》れたタオルを外し、美和に向かって左肩を見せた。目をそむけたくなるような切り傷がぱっくりと口を開いていた。筋肉が動く場所だ。見ただけで十針は確実だった。とにかく急いで処置室に入るように言ってはみたものの、外科は専門外だ。がしかし、応援を呼ぶほどの傷ではなかった。この程度で助けを求めたら、ドクターヘリは二度と来てくれない。美和は腹を括《くく》りパジャマの上に術着をはおり、傷の周りに麻酔を打った。

男は美和の手つきを見ながら笑った。

「そんなにのろのろやってたんじゃ麻酔が切れちまうだろう」

「黙って。こっちだって真剣なんだから」

「俺の祖父《じい》ちゃんは、釣り針を加工して、焼酎《しょうちゅう》吹きかけながら自分で縫ったって話だぞ」

「それじゃあ、道具を貸すから自分でやりなさいよ」

十二針。決して上手《うま》いとはいえないできばえだった。衛生管理と止血、抗生物質と痛み止め。美和が男の祖父に敵《かな》うものはそのくらいだったろう。

「転んだ先に、ナタがあった」と男は言った。

それがどんなかたちをしたものなのか分からないまま、カルテに「ナタ」と書き込んだ。保険証はあとで持ってくるという彼に名前を訊ねた。

「木坂昴」珍しい名前だと思った直後、それが十年前に世間を騒がせた競泳選手と同じであることに気付いた。木坂昴は、ペンを持つ手を止めた美和に向かって、ひねくれた風もなく言った。

「へぇ、まだ覚えてるやつがいたんだ」

オリンピック予選の大舞台でドーピング検査に引っかかった選手。それが天才スイマーと呼ばれた木坂昴にまつわる最後の話題だった。夏のオリンピックでの活躍が期待できるひとり。予選前、新聞やテレビは毎日のように木坂昴の情報を流していた。

帰国後すぐに行われた記者会見で、彼のコメントはたったひと言だった。

「勝ちたかった」

詫《わ》びも悔いもない。テレビの向こう側で木坂昴はまっすぐカメラを見て、怒りに満ちた表情でそう言ったのだった。しばらくのあいだ週刊誌や新聞の見出しを飾った彼の不敵な表情と言葉は、その年の流行語大賞にノミネートされた。流行語は新しい年が始まって一か月も経たぬうち、彼とともに消えた。

「木坂昴ってこの島の出身だったんだ。知らなかったな」

「高校は旭川《あさひかわ》だったからな」

「たしかに、いい体してるよね」

男の体型は、見事に引き締まった逆三角形をしていた。十年経っても衰えない、スイマーの体だ。気遣いのない美和の言葉に、木坂昴は声をたてて笑った。

「あんた、すげぇ評判悪いけど、面白いな」

「評判悪いだけ余計」

彼に妻がいることを、午後に持ってきた保険証によって知った。

三日後、早朝にたたき起こした詫びだと言って、漁船での朝食に呼ばれた。昴の作った魚汁と白身魚の刺身を食べたその夜、皓々《こうこう》と月の光が注ぐ船の先で、美和は彼を抱いた。

背後から十六夜の月が船首を照らしている。差し出された腕に摑《つか》まり、引き寄せられるようにして船に乗り込んだ。カンテラの下へ行くと、昴はクーラーボックスに腰掛け缶ビールを差し出した。

「もう飲んでんだろ」

「一本しか飲んでないよ。そっちは何本空けたの」

昴は足下の保冷バッグを軽く蹴《け》飛《と》ばし、三本と答えた。アルミ缶がたてた軽い音が船首下の波音にかき消える。ゆりかごに似た揺れに身を任せながら海を見ていた。凪《なぎ》の海は鏡のように月と星を映している。どこまでが海なのか、どこからが空なのか、分からない。

差し出されたロング缶の半分を一気に喉《のど》に流し込んだ。カンテラの明かりの下で、昴が笑っていた。

「今日、来るような気がしてた」

「すごいね、百発百中。どこかにセンサーでも付いてるみたい」

昴はここだ、と言ってジーンズのファスナーを指差した。

「ばぁか」

「ばぁかです」

寄せて返して、会話はいつも波のように途切れなく続く。港にきて、もしも昴がいなかったらとても寂しいだろう。けれどなぜか二匹のくらげはいつも同じ夜に海に漂いにやってくる。

昴の前に立った。腰を突き出すと、Tシャツの裾《すそ》から冷たい掌《てのひら》が滑り込んできた。

無精髭《ぶしょうひげ》がへそのそばを通り過ぎ、脇腹を舌が這《は》う。掌は乳房へと進み、ビール缶を甲板に放ったもう一方が、美和の短パンを下ろした。指先が下着の奥で、ゆっくりと旋回する。目の前にカンテラの明かり。昴の頭を両腕で包み込むと、ここがどこなのか忘れた。

月が天頂に届きかけたころ、抱きかかえられ船室へ入った。

引き締まった腰に両腕をまわした。床に敷いた毛布から、潮の匂いが立ちのぼる。昴の欲望が美和の身体に満ちた。内側にある大きな空洞が埋まった。

左肩に残る傷に唇を這わせた。大きな掌が顔にこぼれた美和の前髪をすくい上げる。水かきを持った男の掌はいつも冷たい。繋《つな》がり合った体の、すべての動きを止めると、目の前には昴の光る瞳《ひとみ》しかなくなった。体の奥深く沈み込んだ昴の欲望は、美和のそれと同じかたちをしている。ふたつの体は隙間がなくなり、このまま解けなくなる不安を連れてきた。

唇から顎《あご》、首筋へと下りてゆく舌先が、乳房で動きを止めた。昴の背が再び波打ち始めた。息苦しい快楽が背骨を駆け上がってくる。声が漏れる。上りつめた美和に強く体を沈めたあと、昴も低く咆哮《ほうこう》した。

波が背を押し上げては引き戻す。船底に広がる世界へと、背中から沈んでゆく。

体を離したあとはいつも無口になる。昴も同じだった。

いつまで経っても、誰と肌を重ねても、この時間だけは好きになれない。美和は重たい余韻から逃げたくて、立ち上がった昴の背中に向かってつぶやいた。

「近々、島を出ると思う」

一瞬動きを止めた背が、何ごともなかったように船首へ向かう。美和もシャツと短パンを身につけた。毛布を四つに折り畳み船室を出る。男が腰を下ろしているクーラーボックスの端に腰掛けた。背中を合わせれば、再び先ほどの熱さが舞い戻ってきそうだ。昴が最後のひと缶を開けた。

「なんでさ」

「もう、一年半もここにいる。内科部長との約束は二年だったけど、たぶんもうそんな約束は忘れられてる」

「ここから出たいのか」

「昴は出たくないの」

長い沈黙が月を更に西へと誘っていた。いつもなら美和は診療所へ戻り、昴はこのまま漁に出る。ひと眠りした後は、また新しい一日が始まる。

山の端から顔を出すときも、去ってゆくときも、十六夜の月はためらいながら移動していた。昴が水面に向かってつぶやいた。

「俺、昨日もここで待ってた」

抱いたときの熱さから、そんな日もあるだろうと思っていた。うなずいた美和の背中に、男の背骨が強く押しつけられた。やっぱりふたりともただのくらげなのだった。

美和はふと、形成外科医との会話を思いだした。かけだしのころに聞いた話だ。二軒目はスルーしようと誘われ、ふたりで薄暗い店に入った。集団よりはましだと思った。嫌いな顔立ちではなかった。誘われれば一度くらい、という関係なら両手で足りないほどある。二度目があることのほうが稀《まれ》だった。通りすがりのセックスも、道ばたですれ違う程度のできごとだと思っていた。自分の態度が周囲に大きな誤解を生むのは知っていた。知っていて相手のことも自分のことも護《まも》れないのが柿崎美和だった。そんな美和を鈴音は決して責めなかった。正反対の仮面を被《かぶ》った同じ人種。そんな風に思ったのはいつのことだったろう。

「あのね、ラットの実験って面白いんだよね」

形成外科医はそんな言葉で美和を口説き始めた。

同時に妊娠させたネズミで二十日間かけてするという実験の話だった。毎日胎児を取り出しては傷を付けて母親の腹に戻すという。十六日目までの胎児は腹の中で傷口を百パーセント修復して生まれてくると彼は言った。

「十六日目まで、ですか」

「そう。十七日目からの傷は百パーセントじゃない。十八日となると確実に残る」

その違いが、皮膚再生メカニズム研究の要《かなめ》だという。解明すれば、人間の皮膚にできたケロイドも完治させることが可能だと言った。

もう十年あまりも前の話だ。いいかげん研究成果も古くなっているころだろう。形成外科医は、今夜の僕たちはきっと十六日目の胎児だよと囁《ささや》いた。傷を残さずに遊べるという意味だと気付き、急速に彼への興味が失われた。

美しくまっすぐに並ぶ昴の背骨が、強く美和の背を押してくる。昴の傷はいったい何日目だろう。不思議なほど自分の心根には興味が湧かなかった。昴のつぶやきが背骨を震わせ、美和の体に沁《し》み込んでくる。

「俺は、どこへ行っても木坂昴だから」

「もうみんな忘れてるよ、あんたのことなんか」

「美和は覚えていたろう」

昴にとっては、覚えていられることも忘れられることも、自分にまつわるすべてのことが消えない傷なのだろう。

「自意識過剰なんだよ、昴は」

ふたりの笑い声が水面の月を揺らした。

翌朝、美和はK市の市民病院に電話を入れた。赴任当時の内科部長はこの春から副院長となっていた。事務職員が、感情のない声で掛け直す時間を指示した。電話は三度目に本人に繋がった。昇進を祝う言葉も白々しいに違いない。相手もまた、そんなことには慣れているようだ。

「実はそろそろこちらから出ようと思いまして」

「そうか、離島生活を満喫していると思ってたけど、何か心境の変化でもあったのかい。それとも食べ物が口に合わなかったかな」

「禊《みそぎ》の二年には満たないですけれど、できれば秋には戻りたいと思っています」

あっさりと、「ポストはないよ」と副院長が言った。背筋が寒くなるほど優しげな声だ。やはり加良古路島の話がでた時点で彼の手を離れておくべきだった。

「そちらに戻りたいとは申しません。個人病院の応援話が持ち上がったので、とりあえずきちんとご挨拶《あいさつ》してからと思いまして」

後半を意識的にゆっくりと言った。電話の相手はあきらかに不満げな声で、それは一体どこの病院だと訊《たず》ねてくる。

「滝澤のところです」

「あぁ、そうだ。聞いたよ。彼女、残念だった。まったくうちの若いスタッフには何か憑《つ》いてるんじゃないかねぇ」

おおよそ医者とは思えない言葉を吐き出し、乾いた声で笑っている。

「いいよ、好きにしたらいい。そっちの診療所くらい誰かが何とかするだろう。僕はもうそういうところにはタッチしなくてよくなったんでね。君がいないあいだにシステムもずいぶん変わった。帰ってきたら、一度くらい顔をだしなさいよ」

美和はすぐに放射線科の技師、八木浩一《やぎこういち》に電話を入れた。同じ高校、同じクラス、同じ志望校だった三人のうちのひとり。八木は合格の可能性を数字で示され、経済的な理由で医学部をあきらめた。彼に放射線技師はどうだと言ったのは美和だ。なんということはない。自分も医学部に落ちたらそちらの道へ行こうと思っていただけだ。

「鈴音のことなんだけど」

美和が訊《き》きたいのは、古巣で治療することについての、周囲の反応だった。

八木の話によれば、鈴音の病状は院内でもっぱらの噂らしい。同情半分、静観も半分と彼は言った。

「なんでこんなことになるかなぁ」

八木がため息をついた。気持ちはまだ鈴音のところにあるようだ。高校の三年間を鈴音と同じ教室で過ごした八木は、まだ医師と技師という立場にこだわっている。

「鈴音の応援に行くことにしたから」

「禊は済んだのか」

「何の禊?」

「こっちに帰ってくるには、お前には敵が多すぎるだろう」

「敵って、誰」

「相変わらずだな」

多いという敵が一体誰なのか、確かめるのも悪くない。とにかく帰る、と言うと、好きにしろ、と八木が返した。電話を切ったあと、細い糸が撚《よ》り合ってゆく予感と、きしみながら薄れてゆく繋《つな》がりの心細さに揺れた。

昴の傷が少しでも浅いうちに島を去らねばと思いながら、その傷はそっくりそのまま美和のものになりつつあった。

一週間も経つころには、美和が島を出るという噂が島内を一周していた。まだ役場の係と清美のふたりしか知らないはずだった。血圧の薬を半年分まとめてもらうことはできないのかとやってきた患者が三人、風邪薬と胃腸薬をあるだけ置いてってくれという漁師が五人いた。

午後四時、診療所の玄関ドアが開く音がした。清美が忘れ物を取りに来たのだと思いそのままにしていたが、どうも様子が違う。美和が受付に出て行くと、化粧気のない若い女が待合室にぽつんと立っていた。

「まだ、いいですか」

「いいですよ、保険証持ってきてますか」

背中までの髪を首の後ろで一本に結わえている。日に焼けてつるりと光る肌と丸い顔立ちは、南国の少女のようだ。幼い気配は夏休みを過ごしに島へとやってきた学生を思わせたが、差し出された保険証を受け取り、それが大きな間違いであることに気付いた。女は二十九歳、木坂茜《あかね》。昴の妻だった。

「今日はどうされましたか」

「眠れないんです」

イントネーションから島の生まれではないと思った。関西から向こう、という感じだ。顎《あご》を持ち上げて美和を睨《にら》む様子は、さして思い詰めた様子にも見えなかった。それでもひとたび口を開けば、やはりどこか挑戦的な口調だった。美和は診察室へ入るようにと告げた。

木坂茜は患者用の丸椅子に浅く腰掛けると、肩から下ろした帆布製のトートバッグを膝《ひざ》の上に載せた。

「症状がでたのはいつごろからですか」

「この春からです」

「昼間眠くなるとか、朝起きることができないとか、そういうのはありますか」

「朝も晩も、眠りたくても眠れないんです」

「何か、心配ごとや悩み、緊張には心あたりありませんか」

茜が黙り込んだ。カルテに症状を書き込む手を止めて、美和も黙った。数十秒の間を空けて、茜がようやく口を開いた。

「やっと出て行ってくれるんですね。長かったです。姑《しゅうとめ》も喜んでます」

「それを言いにきたの」

「どんな顔をしているのか、この目で見なくちゃと思った。こんなに近くにいるんだから見ようと思えばいつでも見られたのに。おかしな話ですけど」

「わたしが島を出て行けば、眠れるようになる？　それなら薬は要らないでしょう」

茜は瞬《まばた》きもせず美和を睨んでいた。目の縁が赤い。眠れないというのは本当かもしれない。

「春からずっと、家の中は滅茶苦茶《めちゃくちゃ》でした。人の家のことなんか、興味もないでしょうけど」

「わたしのせいだって言うなら、それでもいいけど。どうせすぐにいなくなると思って我慢してた？　それを言いにきたの」

茜の瞳《ひとみ》は充血し、それでもかっちりと見開かれ美和を睨んでいる。茜の様子を見ていると、死なせた患者の遺族たちを思い出した。

祖母の安楽死を訴えたあの孫は、無事赤ん坊を産んだろうか。捜査官に、美和の提案だったと証言していることを聞いた。美和と病院側の主張によって、そこは曖昧《あいまい》なままになっている。事件は密室のできごとをはっきりと解明できないまま送検されたが、公判維持が困難との理由で不起訴となった。一度も見舞いにこなかった子供たちは、一千万円の和解金をどうやって山分けしたろう。

そもそも自分はどうしてあのとき、死を待たれている患者を哀れんでしまったのか。仕事を続けられるだけありがたいと思えと言った内科部長の言葉に、あっさりとうなずいてしまったのはなぜか。

昴も茜も、美和がはまり込んだ迷宮のところどころに現れるただの罠《わな》に思えた。これから何度も現れては消える、過去へと引き戻すためのトラップだ。いちいち引っかかってはいられなかった。

茜が鋭い眼差《まなざ》しで言った。

「昴が駄目になったときのこと、聞いていますか」

「知らない。そういう話はしたことないから」

「あれは、コーチが飲ませたんです。いつもはリラックスしているはずの昴が、あの日に限っておかしかった」

昴が高校一年生のころから、自費で遠征について行くほど入れ込んでいたコーチも、ドーピング事件のあとは表舞台から姿を消した。

予選前日の朝、昴は迫りくる大舞台を前に眠れないとコーチに訴えた。不眠で筋肉が硬くなっていた。初めてのことだった。コーチは昼間のうちに一回三錠という総合感冒薬を、念のために一錠抜いて二錠飲ませた。「とにかく眠れ」というアドバイスとともに。翌日午後からの本番には、何の影響もないはずだった。

しかし、検査は黒。

「昴はひとこともいいわけしなかった。あれきりコーチとは連絡を取っていません。どこにいるのかも分からない。マスコミから逃げているうちに、わたしも連絡を取れなくなりました」

茜も、同じコーチに指導を受けていた競泳選手だった。国体クラスの実力はあったが、オリンピックとなると別格の才能が要求されるのだと彼女は言った。

「昴は、百年にひとりの選手《スイマー》だったんです」

「それは知ってる。テレビも新聞も大騒ぎだったし」

その分、転落に対する報道も大きかった。茜が言うように、昴だけではなくコーチを追い回す週刊誌の記者も大勢いた。関わった人間の過去の一切を暴くのが、この世の正義とでもいうように、見出しには水泳とは何の関係もなさそうな個人情報が並んでいた。

「昴が、島を出たいと言いだしました」

美和は目を閉じた。昴の背骨の感触が蘇《よみがえ》る。

俺は、どこへ行っても木坂昴だから――。

この十年を故郷の漁師として生きてきた彼の生活は、水面《みなも》に映る月のようなものだったのかもしれない。輝いていた時間は、もう本人すら手が届かない遠くにある。

「そうすればいいじゃないの、ふたりで」

気色ばんだ茜から目を逸《そ》らした。

この場から逃げ出したいのは美和も同じだ。茜だけが執拗《しつよう》に美和と昴を追っている。愛情なのか意地なのか、本人も上手《うま》い答えなどないだろう。逃げるしかなかった。昴からも、茜からも、自分の気持ちからも。

「海に出ても、陸《おか》に上がっても、昴は先生のことを考えてます。先生に会うことばっかり。泳ぐことしか考えてなかったころの昴に、戻ってしまったんです」

茜は声を押し殺し、悶《もだ》え苦しんだ日々を想像させる強さで「あなたがそうさせた」と吐き捨てた。

美和は小さくため息をついた。茜がその名を口にすればするほど、昴が愛《いと》しくなってゆく。茜は美和を睨み続けていた。

分針がカチリと天頂を指し、電波時計が午後五時を報《しら》せた。時針も分針も、液晶画面で円を描くデザインだ。中身はデジタルなのにアナログを気取っている。役場が用意した古い診療所にあるものの中で、これが最も新しい備品だった。

茜が時計に視線を移した。

「昴は今日も船に行きます。毎日毎晩、先生を待ってる。母親が泣いたって、わたしがわめいたって同じ。島の人みんなに笑われていても気にしない。プールに向かうときみたいに、もう誰の声も耳に入らなくなってる」

昴は再び泳ぐ場所を失う。遠からず、確実に。

「わたしにどうしてほしいの」

美和はできるだけ優しく言った。軽い安定剤を出しておきましょうか、とつぶやくときと同じ口調だった。分針が二度進むあいだ沈黙が続いた。開け放したままの窓から、波音が滑り込んでくる。夕暮れ特有の、濃い潮の匂いがした。船室の毛布と同じ匂いだ。

ちゃんと別れてください、と茜が言った。

「じゃないと、昴は先生を追いかけます」

急に冷静になった茜の顔を見た。現在の自分の気持ちより夫と過ごす明日《あした》を優先させられる、妻の顔をしていた。

夜の海に漂うくらげを思った。自分が何のために存在しているのかも分からず、ただ全身で水を掻《か》いている。

「わかった」

ぴしりとペンを置いた。茜の体がわずかに反った。急な空気の揺れに、昴と同じ発達した肩が持ち上がる。プールを出て漁師の妻になった女の、決死のターンを思った。最後までしっかり恨まれることでしか、彼女との決着はつかない。

　美和は学生時代からの、割に合わない恋の数々を思いだした。誰かを恨んでいられれば、心のやり場に困ることもない。それは茜に対する親切心などではなかった。いつの間にか美和が、恨まれることを選ぶ方が楽になってしまったというだけのことだ。

「ちゃんと別れる。大丈夫、心配しなくていい。こういう湿った話、実はあんまり好きじゃないんだ。彼がどう思ってるかは分かんないけど、こっちはただの遊びだし。悪かったと思う。ごめんね」

　茜は唇をきつく噛《か》んで屈辱に耐えている。ただ、と言うと軽く顎《あご》が持ち上がった。

「別れるのはかまわないんだけど、もう一度寝てもいいかな。あの体にはちょっと未練あるんだよね」

　茜の肩が震えだした。

「昴が可哀相だ」

　嗚咽《おえつ》を堪《こら》え、茜はそう言って診療所を出て行った。窓の外では海がいつもと変わらず黄金色に輝いていた。

一週間後の昼時、茜が流産したという連絡が入った。電話を取ったのは鈴木清美で、彼女は冷静に状況をメモしていた。相手は昴の母親らしい。

「これからすぐ、先生とそっちに行くから」

昴の母親が何と応《こた》えたのか、清美の言葉でだいたいの想像はつく。

「おばちゃん、そういうわけにいかないんだってば。とにかく、茜ちゃんを寝かせておいて。動かさないで」

電話を切ったあと彼女は、ひどい出血のようです、と言った。目を合わせようとはしない。助産師の資格も持っている清美は、こちらが指示する前に薬と器具の用意を始め、事務的な口調で言った。

「二度目なんです。茜ちゃんが妊娠を維持するのが難しい体質だってこと、わたししか知りません。妊娠したからって、体を動かさないでいられるような環境でもない。このこと、姑《しゅうとめ》には言わないでくれって頼まれてます」

自分が行かなくてもいいようならば、と言いかけたとき、彼女の形相が変わった。

「柿崎先生、あなた島の医者なんですよ。ひとりしかいない医者なんです」

清美の剣幕にひきずられるようにして、美和は木坂家に向かった。港から少し陸に上がったところにある、木造モルタルとトタンが混じった粗末な平屋だった。集落の家はみな似たり寄ったりで、目立って新しい家も大きな家もなかった。女たちが戸口の陰からこちらを窺《うかが》っている。海から戻った男たちは、黙々と軒先で魚を捌《さば》いていた。

玄関を入ると、台所は土間になっていた。膝《ひざ》の高さぶん高くなっている和室が家族の茶の間のようだ。台所の流し部分は石でできている。窓だけは改修されアルミサッシになっていた。プロパンガスとかまどを併用しているようで、土間の端には薪《まき》がひと抱え積まれていた。古い鍋釜《なべかま》、水垢《みずあか》だらけの蛇口。魚の鱗《うろこ》が幾重にも張り付いた流しの側面。ここで生まれ育った昴を、うまく想像することができない。

茜は茶の間の向こう側にある襖《ふすま》の奥に寝かされていた。昴の母親が嫁の枕元で泣いている。清美に続いて部屋に入ってきた美和を見て、茜の青白い顔が歪《ゆが》んだ。起きあがろうとした茜を制して、清美が言った。

「茜ちゃん、処置はわたしがするから。何も考えないで、ちょっと眠りなさい」

清美は点滴のパックを梁《はり》の釘《くぎ》に下げたハンガーに括《くく》りつけ、茜の腕に針を刺した。

「ルート確保しました」

美和は言われるまま、茜の顔を見ずにジョイントから薬剤を入れた。清美が数を数えさせる。茜のろれつがおかしくなったところで、彼女は下半身に掛かっていた肌掛けをめくった。

点滴の落ち具合を見ながら、視界の端に茜の姿を入れる。瞑《つむ》った目尻《めじり》から、ひとすじ涙がこぼれ落ちた。美和は、何の同情も湧かない自分の心根に傷ついていた。

清美は額に汗を浮かべながら、ほぼ十五分で処置を終えた。離島の看護師は下手な医者より腕がいい、というのは本当だった。

「すみません、薬を入れてください」

美和はジョイントから子宮収縮剤と止血剤を入れた。

厚いパッドをあてたショーツを穿《は》かせたあと、清美はようやく美和の方に向き直り、頭を下げた。

「差し出がましいことを言って申し訳ありませんでした」

返す言葉は思い浮かばない。美和も黙って頭を下げた。診療所に帰ることを告げると、清美がうなずいた。茜の枕元に座る姑が、襖を開けた美和の背に向かって言った。

「先生、頼むから早く島を出てってください。若いもんは、あんたのお陰で大変なことになってるんです。わたしも生まれ育ったところで、なんでこんな思いしなきゃならんのかわからんです。頼みます」

玄関を一歩出たところで、木坂の家を遠巻きに眺めている何人もの漁師たちが目に入った。家々の陰、タオルの鉢巻きのあいだから、女たちの姿も見え隠れしている。浜から上がってくる昴の姿が目に入った。戸惑う暇もなく、昴は美和の目の前にやってきた。遠くで人のざわつく気配を感じているが、そちらへ目を向けることもできなかった。

いつもカンテラの明かりをたよりに触れていた体が、一メートルの距離を残し立ち止まった。手にはウニの入ったかごを提げている。

美和は浅く頭を下げ、昴の横をすり抜けた。ふたりを見つめる視線の中にいると、一年半前の記憶が蘇《よみがえ》ってくる。足がすくみそうになる。

背中で、ぴしりと引き戸を閉める音が響いた。美和は人の視線をかき分けながら、心もち背を伸ばし顔を上げて歩いた。

診療所に戻っても、しばらくのあいだ耳の奥に母親の声が残っていた。窓から見える海には光が跳ねている。美和は波も立たない胸奥から、一体どんな感情を持ち上げればいいのか分からなくなった。

小一時間ほど経ってから、清美が戻ってきた。彼女は器具の消毒や後始末をしながらぽつぽつと話し始めた。

「春からずっと、茜ちゃんの相談を聞いてました」

木坂の家は、昴が島に戻ってから不幸続きだったという。

「オリンピックであんなことになって、すぐに父親が死にました。もともと糖尿を患ってはいたんですが、合併症が進んでしまったんです。ぱたぱたとあちこち悪くなってしまって。おしまいは低血糖でした。昴は父親が旭川の病院に入院したがらなかった理由を、自分のせいで恥ずかしくて島の外に出られなかったからだと思っているようです」

清美は淡々と、この十年のあいだ木坂家に起こったことを語った。父親が死んだあとの家を昴がひとりで支えてきたこと、四国生まれの茜が、親の反対を押し切って島にやってきたこと。二十歳で結婚したふたりが、ことあるごとに子供のことでもめ続けていたこと。船を手放さずにいられるのが不思議なほどの経済状態。まるで物語でも朗読しているようだ。

「先生を責めてるわけじゃあないんです。昴も茜ちゃんも、子供じゃないんですから。でももう、何もおっしゃらず、どうか黙って島を出てってください。あとのことは役場の課長とわたしで何とかします」

清美は、お願いしますと言って深々と頭を下げた。数秒後顔を上げた彼女は、島民の思いを代弁する重責で青い頬を震わせていた。

「今月中には出ようと思います。せめて後任の目処《めど》をつけてからと思ったんですけど、無理みたい。いろいろとご面倒をおかけしました」

やっぱり自分はここに来るべきじゃなかった、と言うと、清美は初めて美和と視線を合わせた。儀礼でも偽善でも、今は美和が謝罪しなくてはこの場のおさまりがつかないのだった。

「先生、ここじゃあ幸せも不幸もみんな分け合って暮らしてます。全員が海の者なの

に、自分が一匹でも多く獲《と》るってことは考えない。長いことそうしてやってきたんで
す。最初にこの島にきたのは、佐渡《さど》の流人だったと聞いています。本当か嘘かわかり
ませんけど」

祖先が北上してきた流人であったという島の、消えない傷を思った。みな生まれな
がらに十六夜《いざよい》を抱えている。この島を引っかき回して去ってゆく美和も、やはり流人
のひとりだった。

三日後に島を出る準備が整い、あとは役場への挨拶《あいさつ》を残すだけになった。課長から
の「軽いお別れの会でも」という提案は辞退した。言い出した方もほっとしたようだ
った。

診療所は連日駆け込みの投薬希望者が押し寄せ、一週間ほど忙しい日々が続いてい
た。そのあいだ立て続けに台風がふたつ、沖をかすめて行った。台風は南の風を押し
上げて、いっとき島は蒸し暑くなった。

昼間の太陽はまだ夏の輝きを失っていないが、海から吹く風も、山から下りてくる
匂いも、いつの間にか秋の気配を含んでいる。八月も終わりに近づき、山の緑も力を
失い始めていた。

午後八時、美和は夜の訪れが早くなった港へと向かった。一滴の酒も飲まずに昴に

会いに行くのは初めてのことだった。美和の背を押しているのは山から下りてくる秋風だ。明日《あした》からはまた、台風が接近するという予報だった。風向きが変わり、誰も港へは近づけなくなる。

カンテラの明かりが闇の中でくるりと円を描いた。美和の歩幅が大きくなる。今までにないほど、気持ちが急《せ》いた。

昴が第一潮丸の船尾から美和に手を伸ばした。

「やっと出てきたな」

責める気配は感じなかった。凪《な》いだ海と同じ、静かに包み込むような声だ。美和の背を、ふるりと冷たい風が通りすぎた。昴はいつもと同じくクーラーボックスに座り、ビールを飲み始めた。サーフシャツから伸びる腕が、カンテラの下で光っている。

「毎日ここにいたの？」

「いいや、久しぶりだ。そしたら美和もきた。いつもとおんなじだ」

月のない夜に会うのは初めてだった。真っ暗な港で、どうして美和が近づいてくるのがわかったのか訊《たず》ねた。

「早い時間に診療所の二階の明かりが消えると、何分も待たずにお前がくる」

昴のちいさな嘘が露《あら》わになる。美和は自分の無防備さを恨んだ。真夜中まで明かりの消えない夜を、どんな風に過ごしていたのだろう。

カンテラの下で昴が笑っていた。少し痩《や》せた。そのせいで瞳《ひとみ》がいつもより光って見えた。

「ストーカーだよ、それ」

「そうかもしれないな」

「今日はお別れにきた」

昴は「うん」とうなずいて、缶に残っていたビールを飲み干した。足下の保冷バッグから一本差しだす。美和は首を横に振った。

「俺と、もう一回寝《や》るって宣言したんだって」

「どんな顔をするのか、見たかっただけ。ただの意地悪」

「あれはあれで、悪い女じゃないんだ」

黙っていると、波に体を持ち上げられた。潮が満ち始めているようだ。流産のあと二度診療所にやってきた茜は、美和の方を見ようともしなかった。それも仕方ないと、彼女のことは清美にすべて任せた。

美和の腰に、昴が手を伸ばした。するりと腕に巻かれ、クーラーボックスの隣に腰を下ろす。ぶつかり合った肩に、下手な縫合の痕《あと》がある。美和は傷口に指を這《は》わせた。

昴が上から肩を見下ろしている。ビールくさい息に誘われ、唇を重ねた。

「この傷、ナタで切ったって言ってたっけ」

昴は首を振り、「あいつ」と言ったきりしばらく黙った。美和は暗い水面を見ながら昴の言葉を待った。

傷は、昴が妻から奪おうとしたカッターナイフによってできたものだった。

「子供はあきらめようって言ったんだ。生活も楽じゃないし。俺みたいなのがもうひとりこの世にでてくるなんて、耐えられない。あいつは俺のいないところで母ちゃんに期待されてすっかり参ってた。近所の連中も親切づらしていろいろ言うしな。みんな俺には何にも言わない。目的持って女房抱くのもゆるくないでしょう。こんなこと言ってる俺が甘いんだけど」

手首を切ると言い張る茜ともみ合っているうちに、カッターナイフが昴の肩をかすめた。

「しかしお前、縫うの下手くそだったなぁ。こいつ本当に医者なのかと思った」

「専門は内科。雑巾《ぞうきん》もまともに縫えないんだから、傷がふさがっただけで大したもんよ」

「ひでぇヤブ」昴は自分の言葉にうけて笑っている。美和も笑った。

「ヤブじゃないと、ここで会えなかったよ」

「お前、なんで島を出なきゃならないんだ」

美和は、K市にいる同期の病院を手伝うのだと答えた。

「そいつ、腕が悪いのか」

「開業医としては絶品だよ」

「なら、なんで手伝わなきゃならないんだ」

「わたしが行かないと彼女、死んでしまうから」

上空の星が、水面に映って倍の数になった。月のない夜はまるで星空を漂う船に乗っているようだ。

「この島、こんなに夜のきれいなところだったっけ」

「なんにもないからな」

海鳴りが体の内側から響いてくる。美和の下腹を痒《かゆ》みとも痛みともつかない感覚が通り過ぎていった。もう二度と昴の体に埋もれる日がないことを、内奥に芽生えた欲望が教えた。昴が体を折って笑い出した。

「お前、初めて会った日、すんげぇ俺としたそうだった」

ふたりとも夜の海に向かって笑い続けた。笑いすぎて息も切れたころ、昴の両腕が美和の頭と背中を包んだ。肩の傷に唇が触れる。

「このまま海に飛び込んだら、一緒に死ねるかな」

「無理だよ。わたしはともかく、昴は泳げるもの」

ひとしきり笑ったあと、背中に回された腕が解けた。

翌日の昼から風速を強めた台風は、北海道を丸飲みして去っていった。海はまる二日間時化《しけ》た。嵐のあと、まだ白波の残る沖に第一潮丸が漂っているという一報が入った。船を港に戻すため、二隻の漁船が沖に向かった。

持ち主の木坂昴は船に乗っておらず、靴と衣服、下着が、広げた毛布の上に脱ぎ捨てられていたという。漁師仲間が島内全域を、巡視船が港から島の周囲一帯を捜したが、木坂昴の姿はどこにもなかった。

昴は一日経っても二日経っても、島に戻ってこなかった。

美和は予定より数日遅れて島を出た。見送りに来たのは役場の課長と清美のふたりだった。

「先生、どうかお元気で」

清美は長いお辞儀をした。美和は清美が顔を上げるのを待たずに船に乗った。

岸壁に立つ人影がちいさくかすんだころ振り返った。美和は漁船の後ろで離れてゆく白い二筋の波を見た。

このまま海に飛び込んだら、一緒に死ねるかな——。

エンジン音に紛れて昴の声が聞こえた。美和は懸命に、裸で海を泳ぐ昴を探した。

白波が戻る一瞬、陽光が跳ねる。跳ねた光の粒はすぐに海へと返る。見渡した海面のどこにも昴の姿はなく、いくつもの光がはじけては消えた。

「無理だよ。昴は泳げるもの」

スクリューに撥《は》ね上げられた飛沫《しぶき》の一粒一粒が光を吸い込み、きらめきながら美和を追いかけてくる。

ワンダフル・ライフ

けっこう冷静なもんだ。

滝澤鈴音は自分の肝臓が写った画像を見て思った。大腸が発端ということは、内視鏡ではっきりしていた。問題は肝臓が今どんな状況かということだった。

「半年ってところですか」

鈴音がそう言うと、内科部長は、何も書き込まないままカルテに視線を落とした。

『滝澤鈴音　三十七歳』

元部下の病巣写真を前に、部長の表情はすぐれなかった。白衣がなければどっちが患者で医者なのか、傍目《はため》にはわからないくらいの光景だろう。部長の背後には鈴音が勤めていたころはまだ主任だった看護師が、師長のネームプレートを付けて立っている。無表情だ。

「滝澤君のところは、開院して何年になるんだったかな」

「三年です」

「順調なのかい、経営のほうは」

「個人病院としてはそこそこだと思います」

保《も》って半年の病巣写真を前に世間話を五分ほどしたあと、内科部長は「どうする？」と言った。鈴音は「緩和ケアでしょうかね」と首を傾げ、両肩を持ち上げた。

「滝澤君の、したいようにするよ。あなたは自分の治療方針を冷静に決められる側の人間だからね」

それが内科部長の、同業者に対する精いっぱいのはなむけなのだろう。

「ありがとうございます」

鈴音は写真の入った大型封筒を受け取り、市民病院をでた。

自宅に戻るまでのあいだ、何度も助手席に置いた封筒を見た。撮影者・八木浩一。高校の同級生だった。

鈴音のクラスはK高理数科。道東では医者や弁護士、国立大学の上位ランクをにらんで入学してくる者ばかりだった。国立大医学部を目指していたのは、八木浩一と柿崎美和、滝澤鈴音の三人だったが、直前になって八木が脱落した。八木は「私大に切り替えるにも浪人するにも、経済的余裕がない」と言って、放射線技師となった。涙を浮かべて夢をあきらめる男に「白衣で再会しよう」と言ったのは鈴音だった。残酷な十代の思い上がりということには、後になってから気づいた。

念願叶《かな》って白衣で再会したとき、八木の表情に笑みはなかった。埋められない自尊心の穴に彼自身がうろたえていたのだと、今ならばわかる。

「八木君にもばれちゃったのか」

最後の曲がり角で、知らずつぶやいていた。看護師長も内科部長も、哀れみの表情は浮かべなかった。自分も向こう側の人間だったら同じ顔をする。できる限りの無表情で、淡々と現状の説明と今後の治療について話すだろう。

治療方針——。そんなもの、自分が内科部長でも自信をもって提示するのは難しい。

ここは大学病院の研究室を抱えた大都市ではない。治験の話もこないような、道東のちいさな港町だ。医療格差の断崖《だんがい》絶壁に位置する土地で、生き延びるための治療とは、一か八かの賭《か》けだろう。闘病の手だてとして街を離れることは考えなかった。

フロントガラスに広がるアスファルトも、八月の街路樹も、遠くに見える稜線《りょうせん》も空も、昨日と変わったものはなにひとつないはずなのに、目に入るなにもかもが美しく見えた。なるほどこういうことか。末期医療の患者が穏やかな顔をしている理由が、なんとなく腑《ふ》に落ちた。

玄関に入ると、愛犬のリンが迎えにでてきた。

「リン、いい子にしてた?」

リンに出会ったのは、母の佳乃《よしの》を失って半年経ったころだった。ふと立ち寄ったペットショップの店長が言った。

「ミニチュアシュナウザーのレバー色は希少なんです」

リンはショップのケージで、じっと鈴音を見ていた。目が「自分を連れていけ」と訴えているように見えた。絶妙のタイミングで店長が言った。

「この犬種、長生きするんですよ」

犬の性格やしつけやその他もろもろ、飼う前に考えねばならぬことをすべて飛ばして子犬に訊《たず》ねた。

「ウチにくる？」

ペット保険に必要事項を書き込むころにはもう「リン」という名前に決めていた。幼いころ、父も母も鈴音をそう呼んでいた。父は鈴音の医学部合格の報《しら》せを聞いて静かに旅立ち、母は滝澤医院を再建して二年と少しで逝《い》った。新旧交代のくっきりした家だと笑うには、もう少し時間が必要かもしれない。自分が何を遺《のこ》して逝くのか、達観している場合ではなかった。残された時間でしなければならないことはたくさんある。

ウォークイン・クローゼットの奥にある引き出しから「Mハウス」と書かれたバインダーを引っ張り出した。医院と住宅を建てた際の、保険契約書も一緒に入っている。院長の滝澤鈴音が指定疾病に罹《かか》った場合には、ローンを全額免除するという契約内容だった。この保険を勧めてくれたのがMハウスに勤める志田《しだ》拓郎《たくろう》だったことも、考えようによってはなにか意味のあることのように思えてくる。鈴音の脳裏に、拓郎と過ごした日々が蘇《よみがえ》ってきた。急いで首を横に振った。これと生命保険があれば病院を誰かに任せて安心できる。必要な書類をノートに書き出し、保険会社に電話をかけた。

その夜ドッグフードを銀色の皿に入れる際、固形フードのひと粒が床を転がった。いつもなら飛んできて口に入れては叱られるリンが、皿がくるまでじっと居間で待っていた。

「リン、今日はお利口さんだね。どうしたの、いったい」

胸元でカールしているチョコレート色の毛を撫《な》でた。リンはだまって鈴音を見上げている。光の加減で瞳《ひとみ》が真っ赤になったり緑色に見えたりした。足もとに皿を置いた。「よし」と言っても前脚をぱたぱたと上下させただけで、口をつけようとしない。鈴音も一緒に食べるのを待っているのだった。

「リン、わたし今日は食欲ないの。ごめんね、ひとりで食べてくれるかな」

くぅん、とひとつ鳴く。鈴音が食べないのなら、自分も食べないと言いたいらしい。皿を前脚のすぐそばに置き、ひと粒口元に持っていってもリンはフードに口をつけなかった。

「まいったな、そういう強情な子だとは聞いてないぞ。リン、食べなさい」

少しきつい言いかたをすると、余計に悲しげに鳴く。くぅん。鈴音は仕方なく、シリアルに牛乳をかけて口に運んだ。満足そうにリンもフードを食べ始めた。

「ねぇ、リン、お前にだけ教えてあげる」

その夜鈴音は、ベッドの下で横たわるリンに長い長い昔話を聞かせた。

志田拓郎と初めて会ったのは、母の佳乃が「滝澤医院を再建します」と言い出してから一年ほど経ったころだった。市民病院での修業も中途半端な自分に、開業医が務まるわけがないと反対した。もう少し時間をくれと言ったが、佳乃は一歩も譲らなかった。

「開業を見届けないと、死んでも死にきれません。わたしがいくつだと思ってそんなのんびりしたことを言ってるんですか」

鈴音は母が三十五歳のときに生まれた一人娘だった。父は母より六歳年上だったから、四十過ぎてようやく子供に恵まれたのだった。

「他人には――気づかれぬよう――やさしく、自分に厳しく」が信条の父だった。あまりに自分に厳しい日々を送りすぎて、鈴音の医学部合格を聞いて安心してしまったのかもしれない。

男の長患いはみっともない、と漏らしていたのが、倒れて半年経ったころだった。

「お父さん、医者とは思えない台詞《せりふ》ですよ、それ」

「鈴音もいつかわかるよ。お母さんをよろしく頼む」

それが遺言になった。

志田拓郎は、母の佳乃が人づてに呼んでもらったハウスメーカーの営業社員だった。生まれが呉服屋の次女だった佳乃は、顧客に対応する商売人を見て育ったせいなのか「粘りのない営業に大切な財産は任せられない」と言って、自分で頼んでおきながら一年間門前払いを続けたのだった。商品に自信がなければ、みなすぐにあきらめるのだという。見積もりを頼んでいた三社のなかで、一年間ペースを落とさずに通い続けたのはMハウスの志田拓郎ひとりだった。

「今日あたり、決めましょうかね」

佳乃は鈴音が休日の朝、みそ汁の味見をしながらそう言った。各社の営業とのやりとりを聞いていた鈴音は、二週間に一度ずつ通い詰めたという志田拓郎を出迎え、まずは佳乃の非礼を詫《わ》びた。志田は、玄関を開けたことにさえ驚いていた。恐縮する彼に、鈴音はもう一度心から詫びた。

「母のわがままにつき合わせて申しわけありませんでした。通い続けてくださって、ありがとうございます」

「いえ、そんなことはまったく」

「うちの母は面倒な人だから、大変だったと思うんです。がんばってくださって感謝しています」

志田拓郎は、おひさまのような男だった。一年も無駄足を運ばせた母に、かっちりと腰を折って挨拶《あいさつ》したときの笑顔に、それ以上の表現が思い浮かばなかった。第一印象が「おひさま」とは。鈴音は自分の語彙《ごい》の少なさに半ばあきれながら、志田拓郎と母のやりとりを見ていた。

佳乃は志田を家に上げたあとすぐに、住宅を含めた土地の図面を広げた。古い青コピーのそれは、父が独立開業した当時のまま保管されていた。築三十年を過ぎた建物は、医院の裏側が住宅になっている。佳乃は病院と住宅は別にして、駐車場を広くとりたいのだと言った。

「ご希望どおり薬局も併設となりますと、今お住まいの住宅部が相当圧迫されることになってしまいます」

「近くに土地を買えばいいことじゃないですか。このあたりの住宅はもうみんな古くて、売りに出したい物件もけっこうあると思うのよ。そこは営業の腕をいかしてちょうだい」

志田拓郎は佳乃の気迫に圧《お》されっぱなしに見えたが、笑顔を絶やさずうなずいていた。鈴音は彼の、まっすぐな瞳に好感を持った。拓郎の誠実な仕事ぶりを見ていると、開業することへの不安がいっとき薄れた。

「わかりました。わたしがなんとかします」

一か月後、滝澤医院の裏手にある地続きの土地が手に入った。取り壊しの費用を負担することで決着がついたが、悪い買いものではなかった。土地の売買、対外的な交渉や打ち合わせなど、細かいことはすべて営業の志田拓郎に任せた。

二階建ての完全分離型二世帯住宅については佳乃と、医院の建物は鈴音との打ち合わせという日々が三か月続いた。

鈴音の仕事の都合で、病院の近くのファミリーレストランで会わねばならなくなったのは、師走《しわす》も半ばのことだった。ディスプレイも、流れる曲もクリスマス一色の夜。店内は夕食の客がひけて、静けさを取り戻していた。

「母との打ち合わせは、うまく行ってます？」

「ええ、順調ですよ。ご要望が明確なので助かっています」

「それって、わがままばっかり言ってるってことじゃないんですか」

「意見も予算もはっきりしているというのは、できることとできないことを分けられるという点でも、こちらとしても話が早いんですよ。ご予算内でできるかぎりのことをさせていただくというのが、わたしの仕事ですから」

なににつけ、否定的な言葉を使わない男だった。すべて仕事と割り切っているだけでもない。鈴音がわざとなれなれしく言葉を崩しても、迎合することもなかった。この人は、崩れるということがないのだ。そう思う心のどこかで、彼の弱点を知りたいとも思った。

打ち合わせは、待合室の一角に喫煙ボックスを作るかどうか、の話し合いだった。

「この時代に、内科の待合室に喫煙室って、どういうものかしらね」

「滝澤先生は、お子さんも診察されるんですよね。夜中に熱を出したり、仮病を使って学校を休もうとしている子につき合って、親が相当いらついている場合もあるでしょう。外に出て吸うことに、ためらいがあるかもしれない。たまらなくなってボックスに入っても、子供の様子が見える。でも、吸っちゃう自分も他の人に見られるんですね。そういう場所を許すことで、却《かえ》って吸わずに済む場合もあるんじゃないかと思うんです。とても少ない確率ではありますけれど。寛容さというのとは少し違うし、多少お金もかかることなので、最終的なご判断は先生にお任せします」

拓郎はそう言ったあと照れながら、これはMハウスに勤める前の経験から得た感覚なんです、と笑った。

「お勤め先、ずっとMハウスじゃなかったんですか」

「二回転職してます。最初は札幌で百貨店勤務をしていました。次が実家のある帯広《おびひろ》で繊維会社の販売部、Mハウスは今年で八年目です。もう三十五なんですけど、年のわりに経験が浅いんです。織り物会社って、商品ににおいがついたら大変なんで、事務所は一切禁煙なんです。けっこう環境の整った喫煙室があったんですが、その喫煙室のおかげで煙草をやめられたんですよね」

この男が苦い顔つきで煙草を吸っている場面を見てみたいと思った。同時に彼のことを「おひさま」と思うのは、陽の光のつよさを感じ取ってしまう、鈴音側の問題なのだと気づいた。

滝澤鈴音は、親も先生も、友人も、一目置く「いい子」だった。心がけてそうしてきた。親のために、恩師のために、友人のために。はたと立ち止まり振り返ると、幼い責任感や底の浅い正義感が透けて見える。

拓郎の光、少なくとも自分に向けられる部分は雲ひとつない晴れ渡った空だと思った。ただの顧客でいたくなかった。自分の放つ光が、彼の暗い場所を照らせるかもしれないと、根拠のない自信が胸に降りてきた。

これは恋だろう――。

男の指に結婚指輪はなかった。父や母を落胆させぬよう、優等生の仮面が外れぬよう、人知れず始まり終わった想いのひとつひとつが、その日静かに鈴音の背を押した。

「志田さん、おつき合いされてる女性《ひと》、います？」

あのときの拓郎の顔といったら。しばらく何が起こったのかわからないという表情をして、とうに中身がないカップに三回手を伸ばし、そのたびにインテリアのカタログのページをめくっていた。カタログがクリニック関連のページを過ぎても、気づかない風だった。落ち着きのない仕草もようやくおさまり、志田拓郎の視線が鈴音の顔にぴたりと向けられた。

「私たち、お客様からそういうご質問を受けたときは、笑って『えぇ、まぁ』と言わなきゃいけないんです」

「言わなきゃいけないって」

神妙というよりは、切実に近い表情と声で彼が言った。

「本来、お客様とはプライベートなお話はひかえなくてはいけないんです。ものすごいプライバシーに足を踏み入れているのに、です。家の売り買いや、住宅建設に関わる大きな財産を任されておりますし。なので、こういう場合、『えぇ、まぁ』とお茶を濁すなりして別のお話にすり替えるよう、心がけているんです」

鈴音が佳乃の反対を押し切ったのは、後にも先にも志田拓郎との結婚、一回きりだった。

母親に対するたった一度のわがままが、鈴音に初めての妊娠をあきらめさせた。お腹に子供がいるとわかったのは、開院後一か月経ったときだった。開院した途端に妊娠。院長が半年で産休に入るわけにはいかなかった。佳乃の怒りは目に見えていた。拓郎にも、むろん母にも妊娠の事実は告げなかった。

あと三年、待っていて——。

自分から流れてゆく命に祈りながら、鈴音は最初の子をあきらめた。

リンに話していたのか、それとも夢をみていたのかわからなかった。目覚まし時計に手を伸ばす。午前五時。夏の夜は既に明けていたが、まだ夜気を含んだひんやりとした気配が漂っている。

いつもより少し早いけれど、のんびりとコーヒーを飲んで新聞を読もう。ベッドから起きあがると、バッグの横にある大きな封筒が目に入った。「現実だったんだ」視界が歪《ゆが》んだ。リンが目を覚ました。ベッドに飛び乗り、宝石みたいな瞳《ひとみ》を主人に向け、ひかえめに「わん」と吠《ほ》えた。

診療を終えた午後五時、鈴音は看護師の浦田《うらた》寿美子《すみこ》に自分の病状を告げたあと、深々と頭を下げた。

「医者としてまったく恥ずかしい話で、ほんとうにごめんなさい」

浦田は市民病院を辞めて開業するときについてきてくれた、ベテラン看護師だった。内科病棟では白衣の天使ではなく神さまと呼ばれていた浦田が、言葉もなくその場に立ちつくしている。鈴音はできるだけ淡々と、今後のことで相談したいと続けた。

滝澤医院の今後については同期の柿崎美和に頼むつもりだと言うと、浦田の眉《まゆ》がわずかに動いた。患者の前では陽気で優しい彼女だが、医師との会話には滅多なことで笑顔を見せない。それが職人的看護師というものだと、父が常々言っていた。

「医者の機嫌を取るような看護婦には、患者の家族の気持ちなんぞわからんよ」

患者の、とは決して言わなかった。そんなことは当然と言いたかったのかもしれない。父の次に尊敬する人間は誰かと問われたら、鈴音は迷いなくこの浦田寿美子の名を挙げる。その浦田が反対するようなことはできない。たとえ滝澤医院を手放すことになったとしても、だ。

浦田の眉が動くのも無理はなかった。柿崎美和は鈴音が去ったあとの市民病院で安楽死問題を起こし、今は道北の日本海側にある加良古路島に赴任している。二年という約束は、あってないようなものだということを、周りも本人もよくわかっているはずだった。

「柿崎先生、ですか」

言葉はそこで途切れた。柿崎美和は、高校、大学、インターンと、鈴音が市民病院を去るまでずっと同じ環境にいた。お互いのことを深く話すこともなかったのに、なにか起きたときに頼るならば彼女しかいないと思っていた。美和の超然とした態度は、どこか死んだ父に似ていた。残された時間を考えると、その後の医院を任せられる人間は、美和しか浮かばなかった。

「彼女、とてもいい開業医になると思う。たぶん、わたしよりずっとこの仕事に向いてる。連絡を取るのは浦田さんの意見を聞いてからと思ってるの」

「鈴音先生がお決めになったことでしたら」

浦田は短くそう言うと、視線を足もとに落とした。ほんの少し、迷っている風だった。仕方のないことだろう。鈴音の病状も次の院長も、今聞かされたばかりの彼女にすぐ承知してくれと言うほうが無理だ。

不意に浦田が顔を上げた。

「鈴音先生は、柿崎先生に病院を任されたあと、どうされるんですか」

鈴音は精いっぱい言葉を選び、その名前を口にした。

「拓郎さんと、過ごしたいと思ってます」

わがままは百も承知だった。これも「優等生の滝澤鈴音」に相応《ふさわ》しい幕切れではないか。残る人にちゃんと礼を言って心配をかけて、哀れんでもらってから母のもとへ往く。ある日突然いなくなったりは、しない。「いい子」は、「格好がいい」こととは違う。自分は美和のようには生きられない。最後まで滝澤鈴音でいなければ――。

泣かない訓練を積んできたはずのベテラン看護師が声を震わせ「わかりました」と言った。

浦田を見送ったあと、リンの散歩を終え、鈴音は久しぶりに加良古路島の柿崎美和に電話をかけた。こちらではすっかり沈んだ夕日も、日本海の孤島ではまだ水平線に黄金の帯があるという。

「そっちの生活はどう？」

美和にだらだらと関係のない話をしていたら、すぐに電話を切られてしまいそうだった。女の立ち話と長電話を何より気味悪がっていた彼女を知っている。美和は高校時代からずっと「わたしにはイエスとノーと好き嫌いしかない」と言い続けていた。離島へ行っても変わらないと聞いて、少しほっとしていた。

状況を説明したあと美和は「それで」と語尾を上げた。

それで――。

柿崎美和からこのひとことがでるときは、なにをすればいいのか指示しろという意味だった。面倒な話はすべて飛ばして、鈴音の望むようにする、という意思表示でもある。関わる気がないときは「そうなの」と返ってくるはずだった。美和が使う言葉の意味を理解するのに、何年かかったろう。優等生の滝澤鈴音じゃなければこちらも「好き」と「嫌い」で選《よ》り分けて、彼女を好きになることもなかったろう。

鈴音は一度息を吐いて吸ったあと、滝澤医院を頼みたいと言った。今月いっぱいで現場から離れたいと告げると、美和はなるべく早くに戻ると約束して電話を切った。時計を見た。受話器を持ってから十分も経っていなかった。

美和がいれば、と思った。浦田ならば必ず美和のいいところを理解してくれると信じていた。ふたりのコンビが順調に動き出すのを見届ける。それだけを心残りにしようと決めた。鈴音は携帯電話の電話帳画面を開き『拓郎』にコールした。

翌日は豪雨だった。停めた車からたった五メートルしかないというのに、拓郎は雨で崩れた前髪とずぶ濡《ぬ》れのブレザー姿で玄関に現れた。

鈴音の後ろから飛び出してきたリンの姿に、驚いた顔をしている。二階から荷物を運び出したきり、会っていなかった。鈴音も、ふたりで過ごした部屋に住み続ける気力がなくなり、母が使っていた階下に引っ越した。

拓郎は、なにも変わっていないように思えた。

佳乃は夕食の食材を買いに行ったスーパーで倒れた。脳出血だった。三日昏睡《こんすい》状態が続いたが、本人のかねての希望で延命治療はしなかった。佳乃の通夜は、夏だというのに暦の都合で死後二日経ってから行われた。葬儀を終えるころは蠟《ろう》のように白い亡骸《なきがら》になっており、誰の涙も涸《か》れていた。

出棺の日の朝だった。

拓郎に、墓場まで持ってゆくことに決めていたはずのことを話してしまった。佳乃の魂に引きずられたと思うのは簡単だが、それも少し違うような気がしている。いずれにせよ、唇からこぼれ出た言葉には返る場所などないのだった。

「バチがあたったのかなぁ」

　おおよそ医者らしくもない台詞《せりふ》を挟んで、言った鈴音のほうが戸惑っていた。意味を問う夫に、訊《たず》ねられるまま堕胎の事実を告げた。不思議と別れ話をしていた期間、自分がどう過ごしていたのか覚えていなかった。

「ごめんね、忙しいのに呼び出したりして」

「いや、仕事だから」

　拓郎は濡れた髪をハンカチで拭《ぬぐ》いブレザーを脱ぐと、素っ気なさを補うようにリンの頭を撫《な》でた。

「犬を飼い始めたなら、一階のほうが便利だし、いいかもしれないね。なんだか利口そうな顔だな。シュナウザーの人気って安定してるって聞いたことがある」

　よく通る声と、営業用の笑顔だ。離婚に繋《つな》がる記憶の中で唯一鮮明なのは、拓郎の「俺、やっぱり出ていくわ」というひとことだった。今、再びそのときの笑顔と向き合っている。心臓が強く打ち始めた。担当交代を理由に、別の人間がやってくることも考えた。そのときは潔くあきらめようと思っていた。ただ、こうして会ってしまうと、それもなにやら怪しい決意に思えてくる。

　結局お互いから、逃げた。逃げた結果として残ったのが離婚だった。鈴音は努めて自然に拓郎からブレザーを受け取った。拓郎が躊躇《ちゅうちょ》する表情を浮かべたのは、自分のブレザーが滝澤家のハンガーに掛けられた後だった。

「床が鳴ってるのは、台所だったっけ」

「うん。キシキシって、音がする」

床鳴りの点検と補修は、長期保証項目に入っている。Mハウスの家は、基礎工事を終えたあとは一日で建物が建つ。構造壁を軸にして、ほとんどのパーツを工場で製造し、現地で組み立てる。床も壁もすべてユニット形式になっており、パーツは専用ボルトで締めて固定する仕組みだった。そのせいで、床を締めるボルトは湿度の変化や経年で緩む。安定するまでボルト調節のアフターサービスは続けられるのだった。

拓郎は台所の端から体重を掛けては少しずつ横に進み、床鳴りの場所を確かめていた。リンが鈴音の足もとにまとわりついてくる。雨音がさっきより強くなった。遠くに雷鳴が聞こえる。窓が一瞬光った。リンが怯《おび》えて動きを止めた。

「よしよし、リン、大丈夫よ」抱き上げると、リンは全身を震わせて鈴音を見上げた。怖いね、と震える背を撫でる。台所で床板に体重をかけていた拓郎と目があった。

「たぶん、ここだと思うんだけど。雨音のせいで、どの程度きしんでいるかわからない」

「じゃあ、雨脚が弱くなるまでお茶でも飲みましょうか」

拓郎は、居間の食卓椅子に座ると、壁や床、洋風の襖《ふすま》を眺めながら「ほかに気になるところはないの」と訊ねた。

「使うところも歩くところも限られているし、気になるのは台所くらいかな」

「水まわりはどう」

「お掃除が行き届かないくらいかな」

目を伏せた拓郎の頰に笑みが浮かんだ。一緒に暮らしていたころから、掃除は拓郎のほうが上手《うま》かった。使ったものを元の場所に戻す、ということが苦手な鈴音に「簡単なことなんだけどな」と笑いながら言っていたのを思いだす。

「掃除能力ってのは、持って生まれたセンスかもしれないな。メンテナンスでいろんな家に行くけれど、それぞれこだわる場所が違うようだよ。掃除がまんべんなく行き届いた家ってのは、不思議と生活のにおいもしないし、暮らしている家族の姿も浮かんでこないな。却《かえ》ってそういう家を見たときのほうが、この家族は家を持って幸せだったのかなって思ってしまう」

「そういうものなの」

拓郎が返事をためらっていた。鈴音は気づかぬふりをして水出しの緑茶を出した。拓郎はひとくち飲んだきり黙った。雨脚は弱まる気配がなかった。リンは拓郎と向かい合わせに座った鈴音の膝《ひざ》で、まだ微《かす》かに震えていた。この震えは自分のものかもしれないと鈴音は思った。先に沈黙に耐えられなくなったのは、拓郎だった。

「病院のほうは、順調なの」

「ぼちぼち。浦田さんもいるし」

ただ——。

拓郎の視線が、言葉を途切れさせた鈴音の口元に注がれていた。鈴音はリンが指にじゃれているせいにして「こら」と小声で叱った。なんで、と拓郎が言った。

「なんで会社じゃなく、俺の携帯だったの」

そこには微かに男の優越があった。

拓郎が出ていくと言ってから荷物をまとめるのに、一週間かからなかったことを思いだした。Ｍハウス所有の独身寮が空いていたから、というのが理由だった。もともと自分が住んでいた部屋に戻るのだと、笑っていた。あのとき、止めなかったのだ自分は。鈴音はお互いの胸奥にあったものが、大きくずれてしまったひとときを思いだし、リンとともに震えた。

ふたりの結婚に反対していた佳乃のおかげで、繋がりあっていた。子供をあきらめたのも、佳乃の前で「優等生の鈴音」でいたかったからなのだろう。避妊に失敗して、開業して間もなく産休を取るような、だらしない娘だと思われたくなかった。母にも夫にも、同じくらい好かれたかった。

母の死後、拓郎と別れたことを、佳乃の執念だと言った人がいた。ひとりになってみれば、母がそんなことを望んでいたわけではないこともわかった。佳乃はふたりの関係の、些細《ささい》なことで別れられる危うさを案じたのだろう。いざというときは自分がその理由になるつもりだったのかもしれない。佳乃が娘の夫をいびり出したといえば、おおかたの人間が「仕方ない」と納得する。

なにに於《お》いても、父より母のほうがずっと厳しかった。勉強も習い事も掃除も料理も、すべて完璧《かんぺき》を求められた。鈴音は医者になったことのほかにはなにひとつ、母の希望を叶《かな》えていなかった。

「台所はしっかり守りなさい。料理は手を抜かないこと。男の人は、胃袋を押さえなきゃ駄目なの。胃袋さえ押さえておけば、何があっても必ず戻ってくるから」

「それって、まるっきり離れて行くことを前提にしているじゃないの」

ふたりでいるときはずいぶんと衝突した。佳乃の言葉をひとつひとつ手繰ってみると、鈴音が思い通りになることを、佳乃自身も望んではいなかった気がしてくる。母の思い通りとはつまり「可愛げのない女」ということだった。佳乃もまた、ひとりの未完成な女だった。父とのあいだにどんな悔いを残していたのか、今もわからない。誰かに「別れてもいいよ」と言ってもらいたい日があったのかもしれない。

床のきしみを、なぜMハウス事務所ではなく拓郎に直接報《しら》せたのか。うまい言葉を言おうとすればするほど唇が動かない。もういちど、真正面から自分を照らしてほしい。それをどう言葉にすれば伝わるのか、リンを見ても、雨音に訊ねても応《こた》えは返ってこなかった。

「雨がもうちょっと小降りになってくれれば、細かいところも点検できるんだけど」

「何度も足を運ぶのもなんだし、晩ご飯食べていって。食べているうちに小降りになるかもしれないし。大したものは作れないんだけど」

拓郎は遠慮のない仕草で腕の時計を見た。ひとつためいきを吐くが、こぼれ落ちた言葉が鈴音の不安を消した。リンの震えも止まった。

「台所のパスタ、気になってた」

鈴音はリンを床に放し、おやつのクッキーをひとつ与えた。

「名前、なんでリンなんだ？」

「ちいさいころ、そう呼ばれてたの。鈴音の鈴。わたし、ずっとリンちゃんだったんだよ」

母が鈴音を名前で呼ぶようになったのはいつからだったろう。

あぁ、と思った。医学部に受かったころだ。父が逝き、病院の再建という誓いを立て、娘を札幌に送り出したあのときに、自分はリンちゃんではなく鈴音になった。

「あぁ」は、声にでてしまったらしい。拓郎が眉《まゆ》を寄せ、首を傾げた。

「古いこと思いだしたの。うちのお母さん、十八でわたしがこの家をでたときから、リンちゃんって呼ばなくなった」

拓郎はちいさくうなずくだけで、何も言わなかった。彼が持っている佳乃の記憶は、義母というよりは厳しい顧客だったろう。それでも結婚してくれたのだ、この人は。

過去より明日《あした》のことを考えようと努めれば努めるほど、その明日がどこにあるのかわからなくなった。

大きめの鍋《なべ》にたっぷり湯を沸かす。パスタは彼の好きなディ・チェコを買っておいた。茹《ゆ》であがるまでのあいだに、ベーコンとキャベツを刻み、クリームソースを作る。リンが拓郎の足もとにすり寄っている。鈴音と親しげに話している相手の、値踏みをしているのかもしれない。自分を基準に、人間に対してははっきりとした格付けをする生きものだと聞いた。拓郎はリンにとって、どんな位置に置かれるのだろう。ときどき盗み見ていると、「お手」や「おすわり」をしては首を撫《な》でられている。リンも拓郎に褒められて、得意げに見えた。

鈴音はクリームソースをかき混ぜ岩塩と白胡椒《こしよう》で味を調えたあと、ベーコンを温めたフライパンに並べた。

「犬の相手、上手なんだね」

「お客さんのところで吠《ほ》えられないようにしないといけないから」

「なにかコツでもあるの？」

「俺がご主人様と対等なんだってことを、わかってもらう」

拓郎が、答えになってないか、とリンに向かって言った。

軽く焦がしたベーコンをフライパンから皿に移した。鈴音と拓郎が対等かどうかは、リンの目にかかっているということだった。

「おすわり」

リンが前脚を揃えて、拓郎を見上げている。どうやら、拓郎を自分より格上に置いたようだ。差し向かいで食事をする気詰まりを、部屋に低く流しているスタンダードなジャズが埋めた。鈴音の足もとで、リンが乾いた音をたてドッグフードを噛《か》んでいた。自分用の皿にはパスタを少なめに盛りつけたつもりだったが、半分食べたところでもう入らなくなった。

鈴音は皿をさげたあと、コーヒーメーカーに豆をセットした。拓郎と一緒にいたころと同じ豆を使っている。ストックが少なくなると、拓郎が仕事帰りに買ってきてくれたジャズ喫茶「ジス・イズ」の豆だ。

リンは拓郎の膝の上でおとなしくしている。鈴音は、自分と拓郎が対等だと認められたような気がしてリンに笑顔を向けた。こんなにもちいさなことを、嬉《うれ》しいと思えることがそもそも幸福なのだ。

拓郎がリンの喉《のど》を撫でながら、犬の耳に囁《ささや》くように言った。

「食欲なかったなら、最初から言えばいいのに」

「そういうんじゃないの。ちょっと緊張してるのかもしれない」

俺を相手に緊張か、と拓郎が笑った。緊張しちゃ悪い？　と語尾を上げてみる。笑うのもけっこう大変だ。コーヒーセットをお盆に載せて、再び差し向かいで座った。リンが拓郎の膝から床に飛び降り、鈴音の足もとに戻ってきた。おやつを入れた容器から、クッキーをひとつ取り出し、「まて」をさせてから与える。拓郎がその様子を見て「たいしたもんだ」と言った。

雨脚は少しも弱まらなかった。拓郎が、この雨がひと晩続いたら、山のほうでは土砂崩れが起きるかもしれないと言った。彼がコーヒーを飲み終わるころ、鈴音の口数は極端に少なくなっていた。拓郎に「言いたいこと」を訊《たず》ねられるのはいやだった。自分から切り出さなくては。唇はなかなか思うとおりに動いてはくれなかった。拓郎が時計を見た。鈴音も彼の背後にある壁掛けの時計を見た。午後七時を過ぎていた。

自分に許された時間を、一緒に過ごしてくれないだろうか。

ほんの少しでいいから。

ほんの少しだと思うから。

滝澤鈴音が「いい子」をまっとうするために強いる心の葛藤《かっとう》を、拓郎は引き受けてくれるだろうか。自信はなかった。鈴音は拒絶されるのがいちばん怖いのだと、今度は素直に認めた。命の期限を切られると怖いものがなくなるなどというのは実は嘘で、本当は怖いものがはっきりとわかるようになる。現に今、自分がそうだ。拓郎がこの現実を引き受けようと引き受けまいと、その心の裏側を想像するとどちらも怖い。結局、自分はたったひとり愛《いと》しい人さえ信じられないまま逝くのかもしれない。

闘う相手は、病気ではなく己の心なのだろう。「いい子」にはなれても「いい人」になるのは無理だ。鈴音は、そのどちらも望まずに逝った母のつよさを改めて思った。

「雨、ひと晩このまんまなのかなぁ」

「天気予報では夜には止むって出てたんだけど」

「じゃあそろそろ」と拓郎が腰を上げた。「うん」とうなずいて鈴音も立ち上がる。リンが前脚を揃えてふたりを見上げていた。

「業者が入る日程が決まったら、電話するよ。ごちそうさま。美味《おい》しかった」

「業者さんが入るときは、営業さんはこないんだよね」

「ほかになにか問題があれば別だけど、床下のボルトを締めて音がしなくなれば、俺の出番はないな」

「また気が向いたら、パスタ食べにきて。今日はありがとう」

玄関で拓郎を見送ったあと、鈴音はその場に崩れ落ちた。頬に流れる涙を、リンが舐《な》めている。拓郎が去った玄関の壁に、佳乃が好きだったシャガールが掛かっていた。

白い壁なんだから、もっと色彩のある絵にしたほうがいいと勧めたのに。佳乃は頑として「ずっとこれを掛けることに決めていた」と言って譲らなかった。シャガールの細い線が涙で揺れた。なんのための涙なのか、うまい理由が見つからなかった。リンが鈴音の横でうずくまった。

拓郎が去ったドアを見ていた。追いかけたところで、なにを言うことができよう。ほんの少しでいいから、一緒に過ごしてくれないだろうか——。

ひとりは怖いの——。

たとえ今、拓郎に光を求めたところで、鈴音には彼を照らし返す光が残っていない。最初から、傷だけを残す時間を、求めてどうなる。それでも、と思った。

それでも、少しでいいから。

お願いだから。

怖いの、本当は——。

「拓郎ちゃん」

喉からこれ以上ないくらいの声が飛び出した。ほぼ同時に、拓郎が玄関のドアを開けた。うずくまるリンと、涙を流して座り込んでいる鈴音を見て、拓郎が雨を背にしたまま呆然《ぼうぜん》としていた。

どれくらいのあいだそうしていたろう。

拓郎は静かな声で、ブレザーを忘れたと言った。ふたりのあいだにあった気楽さを思いだし、玄関の呼び鈴を鳴らさずにドアを開けたことを詫《わ》びていた。拓郎が鈴音に、なにがあったのか訊ねた。

鈴音の心のたが――そんなものが本当にあったのかどうかさえ不明だが――は消えていた。つたない言葉で自分の体に起こっていることを告げた。拓郎は玄関の内側で鈴音を見下ろし、ときおり目を瞑《つむ》ってはうなずいていた。

順序だてて説明できたかどうかはわからない。気づいたときには、リンを挟んでふたりで上がりかまちに座り、ドアの外に響く雨音を聞いていた。

止まない雨が、ふたりの過去とこれからを包み込んでいる。鈴音はなにも望まず待っていれば、そのドアから明るいものが姿を現すのではないかと思った。思いながら、なにも望まないことがこの世でいちばんずるいことだと気づいていた。

再び、この人の光に照らされたかった。今言わなければ。もう二度とチャンスは訪れない。

「拓郎ちゃん」

「なんだ」

わたしは雨になっても、ずっとずっとあなたに向かって降り続けます――。

わがままを、言わせてください――。

ずるくていいです――。

声にならなかった。

鈴音は降り止まぬ雨に祈った。ちいさな幸福。ちいさな毎日。残されたすばらしい日々。目を瞑り、精いっぱい祈った。

おでん

白いものが落ちてきた。佐藤亮太《さとうりょうた》は真夜中の空を見上げた。

道東に生まれ育って三十二年、初雪を見たのは久しぶりのことだ。いつの間にか降り、ニュースになるころには跡形もなくなっているのが、この街の初雪だった。

街灯の下で、ハーフコートの腕に降りた結晶を見た。ザラメ糖をもっと小さくしたような、四角い雪の粒だ。立ち止まると、アスファルトで跳ねる雪が衣擦《きぬず》れに似た音をたてていた。

雪はトキワ書店を出てすぐに降り始め、一キロ先のアパートに着くころには止んだ。十月の風が、降った雪をみなどこかへ連れ去っていた。

部屋数八室の『コーポ・シルビア』に住み始めて五年になる。トキワ書店の営業時間は午前十時から午後十一時まで。書籍やビデオレンタルコーナー、CD販売コーナーそれぞれの売り場が早番と遅番の二交代制で営業している。亮太が店長になってから三年が経った。どうしても週の半分は日付が変わるぎりぎりの帰宅になった。早番とはいえ書籍部長も兼務している亮太が、パートやアルバイトのように時間どおり帰宅できる日は少ない。いつの間にか鉄製の階段を上る際、足音をたてぬよう気をつけるのが癖になっていた。

三段目に足をのせかけたとき、階段の上に人の気配を感じた。視線を上げる。オレンジ色の街灯を背負った大きな人影が、亮太を見下ろしていた。悲鳴も出ない。人影が「店長」とつぶやくのを聞いたとき、膨れあがった心臓から一気に血が流れ出した。

人影はその場から下りてこなかった。目を凝らしてみた。ミリタリージャケットにぴったりとしたジーンズ。片手をポケットに突っ込み、もう片方の手にスーパーのレジ袋を提げている。長い髪が街灯に透けて光っていた。この春までトキワ書店のビデオレンタルコーナーでアルバイトをしていた坂木《さかき》詩緒《しお》だった。

「どうしたの、こんな時間に」

階段を上りきっても、亮太は詩緒を見上げていた。百七十センチの身長に、ウェッジソールのブーツ。詩緒は頭ひとつ分背の低い亮太を見下ろして、もういちど「店長」と言った。

日本人離れした顔立ちは、ロシア人とのクォーターという噂だった。九月二日で二十七になっているはずだ。アルバイトとして雇っていた一年半、彼女を想い続けていなければ、誕生日まで記憶することもなかっただろう。亮太はあきらめの悪さをふりはらい、詩緒を見上げた。

「雪が降ってたけど、いつからここにいたの」

詩緒は黙ったまま、明かりを背にして亮太を見ている。真夜中に部屋の前で立ち話をしている場合ではなかった。ためらいは彼女の右頬の腫《は》れを見て消えた。詩緒の顔はみごとに変形していた。嫌な想像が頭をもたげた。彼女がアルバイトを辞めるころにつき合い始めた、自称ミュージシャンの男。あいつに違いない。

「嫌じゃなければ部屋にあがって。散らかってて申しわけないけど」

『コーポ・シルビア』は十畳のワンルームにキッチンとユニットバスが付いている。八人の入居者のうち六人がひとり暮らしの女性だった。朝から留守にしていた室内は、外とそう変わらない温度だ。亮太は急いでストーブのスイッチを入れた。いつもならそのあいだに風呂《ふろ》を沸かすのだが、今夜はそういうわけにもいかない。

ひとまず詩緒にはこたつを勧めた。湯を沸かそうとIHのボタンを押すと、安いやかんの底がカタカタと鳴った。

詩緒が、手に提げていたレジ袋をキッチンカウンターの向こうから差し出した。おでんのポリ容器が入っている。ふたり分なのか、ずいぶん大きな器だ。近所のコンビニのマークが入っていた。

「おみやげです」

笑った詩緒の、腫れた顔が歪《ゆが》んだ。唇の端も切れて血が乾いている。こんな顔でおでんを買う姿を想像してみた。もとがモデルのように美しいせいで、ひどく痛々しい。

亮太はなるべく彼女の顔を見ないようにして、ポリ容器の入ったレジ袋を受け取った。

温めたおでんを大きめの陶器に移して、こたつの天板に載せた。

こたつとベッドと本棚、コンパクトCDラジカセと十九型のテレビ。それらがワンルームの壁に沿って並んでいる。天板の上にあったリモコンのスイッチを入れた。スポーツニュースだ。亮太は音量を下げた。

「新しいように見えるけど、安普請でさ。けっこう隣や下の音が響くんだよね」

大根も卵もはんぺんもこんにゃくも、すべてふたつずつ入っていた。牛すじに焼き豆腐、きんちゃく。取り皿や箸《はし》を用意したものの、冷蔵庫からビールを出せるような雰囲気ではなさそうだ。

「食べきれるかな。すごい量だ。坂木さんも手伝ってよ」

アルバイトを始めてすぐに仲間とうち解けて、いつの間にかみな彼女を「詩緒ちゃん」と呼ぶようになっていた。亮太も例外ではなかったが、今はとても名前で呼べる気がしない。坂木詩緒がアルバイトを辞めることになったいきさつを、改めて思いだした。

冬のあいだ、毎日毎晩、詩緒が目当てでDVDやCDを借りにきていた若い男。長い金色の髪とチェーンをぶら下げたジャケット。川向こうの繁華街にあるライブハウスでギターを弾いているという噂を聞いた。定職に就いているという印象はなかった。

男は詩緒がいない日はぐるりと店内を見たあと、何も借りずに帰った。詩緒を見つけた日は長々とレジで話しかけた。

「どうにかなりませんか」

何度も同じフロアのレジ係から相談され、店長として黙っているわけにはいかなくなった。

「お店としては配置換えも考えてるから。困っているようならちゃんと言わなきゃだめだよ」

「特別困ってるってわけじゃないんですけど。他のバイトさんに迷惑ですよね、やっぱり」

男に言い寄られてまんざらでもない詩緒の様子に少なからずショックを受けたが、そんな素振りは見せなかった――と信じている。

春先、学生アルバイトに紛れて詩緒もトキワ書店を辞めた。風の便りで、男と暮らし始めたと聞いた。

こんな夜更けに彼女が、おでんを土産に自分を訪ねてくる理由を努めて冷静に考えてみる。周りの忠告をきかなかった代償として、頼れるような女友達も失ったのかもしれない。自分が女友達と横並びの場所にいる安全パイなのだと思えば、気が楽になった。

「シャワー、自由に使っていいから。寝るのはこたつでもどこでも。とりあえず掛け布団は予備のを使って。枕は風呂にあるバスタオルでも持ってきて」

「ありがとうございます」

結局おでんには手をつけないまま、詩緒はこたつに半分体を入れ横になった。

ベッドを貸して警戒されるのも嫌だし、「帰ってくれ」と言えるほど自意識過剰ではないつもりだ。かつて心を寄せた女だった。しかし三十二になるこの年まで一度も女性経験がなかったという事実は、年を重ねるごとに亮太に強い「あきらめ」を押しつけてきた。

なければないで何とかなるものだ、という説明もどこかいいわけめいている。貪欲《どんよく》に相手を求める気持ちも湧いてはこない。三十を超えたあたりで、あせりのようなものは消えた。誰かを好きになる、という気持ちの裏側に、肉体的な渇望があると思われるのが何より嫌だった。

一日いっぱい立ち仕事をしていた体に、いつもどおりの眠気がおとずれた。ベッドのすぐ下で詩緒が横になっていることに、気持ちも体も反応していない。亮太は心の底からそのことに安心した。

夜のうちにちゃんと事情を訊《たず》ねなかったことを後悔したのは、朝起きて、顔を洗ったあとだった。カーテンを開けて明るい場所で見る詩緒の顔は、昨夜より腫れがひどくなっていた。両目の下が、特殊メイクのような内出血で真っ黒だ。昨夜は気付かなかったが、右手の中指が二倍に腫れ上がっている。人差し指の爪が、真横に割れて出血していた。これでは箸を持つのも無理だったろう。亮太はヒールを脱いでもまだ自分より背の高い女の顔を見上げた。言葉にならない怒りが胸から喉《のど》へとせり上がってきた。

「詩緒ちゃん、これは立派な傷害だよ。その指、骨折してるかもしれない。早く病院に行こう」

トキワ書店から歩いて五分ほどのところに『滝澤医院』がある。看板は内科だが、看護師が幅広く対応してくれるうえ、院長も評判が良かった。近所の者はたいがいのことなら、滝澤医院へ足を運ぶ。亮太も去年の秋に新型インフルエンザに罹《かか》り世話になった。あそこならば詩緒の怪我も気持ちも、いちばん良い方法で対処してくれる気がした。

「早めに行けば、あんまり人に会わずに済むと思うから」

詩緒は首を縦に振ろうとしなかった。が、亮太はそんなことに構わず彼女を車に乗せた。ガソリンが半分を切っていた。前回いつ入れたのかも覚えていない。週に一度の休みはあるが、テレビを見たり昼寝をしたりで終わってしまい、ドライブする趣味もなかった。トキワ書店には配達用の軽四輪があるので、自分の車を使うことがあるとすれば、せいぜい鶴居《つるい》の保養施設で管理人をしている両親の顔を見に帰るときくらいだった。アパートから車で一時間かからぬ場所だが、それも二か月に一度くらいだ。

午前八時。滝澤医院の駐車場にはまだ車が一台も入っていなかった。亮太は、病院が開きしだい中に入れてくれるよう頼むつもりだった。

詩緒は豹柄《ひょうがら》の安っぽいバッグを肩から斜めに提げ、昨夜と同じ服を着ている。着替えは持って出なかったようだ。亮太のほうは、今日は十二時までに店に入ればいい日だった。診察が終わったあと、最低限の着替えを買いに行く時間くらいはありそうだ。

クリーム色の軽四輪が駐車場に入ってきた。いちばん端に停めた車から、見知った顔の看護師がでてきた。亮太は運転席から飛び出し、病院の鍵《かぎ》を開けようとしていた彼女に声をかけた。

「浦田さん、おはようございます」

「あら、トキワの店長さん。おはようございます」

週刊誌や月刊女性誌、漫画雑誌の定期購読先として個人病院はいい顧客だった。個人的に文芸書の注文も受けるので、当然彼女とも顔見知りである。開院時刻よりも早いことを詫《わ》びながら、友人が怪我をしているのだが、と切り出した。

「怪我って、どんな感じですか」

浦田の視線が亮太の車の助手席に注がれた。どんなと言われても、どう答えていいのか分からない。ただ、あれこれと取り繕っても始まらないと考え、正直に言った。

「暴力を受けた傷だと、思うんです。たぶん」

浦田は柔和だった顔を引き締め、すぐ連れてくるようにと言った。


詩緒が看護師に連れられ処置室に入ってから、既に三十分が過ぎた。静かなクラシック音楽が流れる待合室に、ひとりふたりと患者が座り始めた。投薬と診察、希望するほうのトレイに診察券を入れて、雑誌が並ぶ棚から新しい号を手にとっては椅子に腰掛ける。店長さん、と浦田が診察室のドアを開けて亮太を呼んだ。

亮太は促されるまま患者用の椅子に座った。目の前にいるのは、去年の秋に亮太の診察をしてくれた院長ではなかった。年齢は同じくらいだが、目元に少しばかり棘《とげ》がある。白衣の胸に「柿崎」というネームプレートを付けた彼女は、黙って亮太の顔を見ていた。

「あの、滝澤先生はどうされたんでしょうか」

彼女は短く「病気療養中です」と答え、それより、と斜めにしていた体をまっすぐ亮太に向けた。

「今、看護師が別室で傷の写真を撮っています。お話を聞いていて、DVを疑ったほうがいいと判断しましたので」

ドメスティック・バイオレンス――。

視線はまっすぐこちらを向いていた。まさか自分が加害者として疑われているとは思わずにいた亮太は、慌てて首を振る。

「僕じゃないです。僕はそんなことしない。彼女に訊《き》いてください」

「もしあなたが加害者で、何食わぬ顔で彼女をここに連れてきたとしたら、わたしはあなたの心の病気を疑わなきゃならない」

女医の頰が少し緩んだ。口元は笑っているが、目はまだ鋭さを残していた。亮太は詩緒の怪我の状態を訊ねた。机の端にあったレントゲン写真が、投影用のパネル板に挟み込まれた。

「ひどいのは右手の指先です。人差し指の爪が割れて、中指の先が剝離《はくり》骨折しています。小さくて薄い骨なんで、テープで固定しておくくらいしかできることはないんです。爪は伸びるまで待つしかありません。本人は車のドアに挟んだと言ってますけど」

あとは、と彼女は続けた。

「頭部を打ってます。今のところ骨の異常はみられませんが、しばらく顔の腫《は》れと内出血が続くと思います。階段から落ちたあと、たて続けに車のドアで指を挟んだというのが本当なら、それはそれでいいんですが。怪我のケアができる環境に戻せるかどうか、それを伺いたかったんです」

反射的にうなずいていた。自分を頼ってきてくれたのだから、できる限りのことをしたい。思わず口から飛び出した言葉に嘘はない。親族かと問われ、首を横に振った。

「何か困ったことがあったら、相談先くらいはお伝えできますから。いつでもきてください。湿布薬と安定剤と痛み止めを出しておきます」

待合室に戻ると、詩緒が玄関に近い椅子に座っていた。亮太の顔を見上げ、泣きそうな顔をしている。腫れた頬には湿布薬が貼られていた。男が女の顔を変形させるほど殴る理由を考えてみる。

幼いころから今まで、両親が派手な喧嘩《けんか》をしているところなど見たことがない。意見の違いで多少の諍《いさか》いはあったかもしれない。でも不機嫌なのはいつも母のほうで、父親は黙々と手を動かしながら母の機嫌が戻るのを待っているように見えた。妻や子供に手をあげたことのない父親のもとで育った亮太には、詩緒が受けた暴力の理由など想像もつかない。

詩緒の髪は根もとが二センチほど黒かった。亮太は彼女の、日本人離れした容姿にどことなく引け目を感じている気配が好きだった。トキワ書店を辞めるまでの彼女は、地味な色のシャツとジーンズ姿が定番だった。

ミリタリージャケットやスキニージーンズ、上半身にはりつくような豹柄のシャツ。

決して似合わないわけではないけれど、ひどく安っぽい。半年のあいだに詩緒がその容姿とうまくつき合えるようになった感じはしなかった。

受付で名前を呼ばれた。健康保険証は持っているが、金がないという。そんなことは気にしなくていいのだと言って、戸惑う指先から保険証を受け取り支払いを済ませた。昨夜彼女がありったけの金で買ったおでんは、手つかずのまま冷蔵庫に入っていた。

十時を待って、亮太は車を郊外の大型ショッピングモールに走らせた。湿布薬と包帯姿の彼女を、そう長い時間連れ回すわけにはいかない。財布の中身を思うと、着替えといっても高いものは用意できそうもなかった。車を降りる際、なけなしの万札二枚を取り出した。

「これで着替えを用意して。俺は布団をひと組買ってくるから。十一時にそこの入り口で会おう」

最初は「返せるあてがない」と言っていた詩緒だが、亮太が「着替えを取りに戻るわけにはいかないでしょう」と言うと、差し出した札を一枚だけ受け取った。離れて買い物をすることに、不安がないと言ったら嘘になる。ただ、このまま彼女が戻ってこなければ、それはそれでいいような気もした。

ユニクロの前で足を止めた彼女に、ひとつ訊《たず》ねた。

「彼が、今日ここにきている可能性って、ある?」

詩緒は首を横に振った。片頰を覆う湿布が顎《あご》のあたりでよれた。亮太はうなずいて、寝具売り場へと向かった。平日の開店直後、ショッピングモールの売り場はどこも閑散としていた。吹き抜けの天井から陽が入り、広い通路を照らしている。ベビーカーを押す若い母親が、うつろな眼差《まなざ》しをストリートファッション専門の店先に向けていた。

売り場を一周してみて、「間に合わせ」以上のものを用意することはやめた。急な来客用という、組み布団一式とカバー、枕までセットになったものがいちばんいいように思えた。この安っぽさなら、詩緒もさほど恩着せがましく感じなくて済むだろう。彼女に対して亮太が過剰な期待を持っていないことも伝えられる。何かと自分の行動に理由をつけていることに気付き、ため息が出た。

余った時間でテナント書店の平積み状況を眺めた。よく出ている本はトキワと大差なさそうだ。雑誌がいちばんの収入源で、文芸書の売れ行きはどこも似たり寄ったりで低迷している。売れるものを前に出しておくのは鉄則なのだが、バランスが悪いと品のない店構えになる。それは副店長時代からずっと感じていたことだった。

店長を任された三年前、書籍コーナーの入り口に文芸新刊棚を設け、一冊一冊にトキワ独自のポップをつけた。最初は手探りで、亮太ひとりでやっていたのだが、じきに本好きな店員やアルバイトが参加し始めた。自分たちが売りたい本を売っていく。そんな姿勢が、少しずつ売り上げにも繫《つな》がり始めている。売り上げ実績がなければ、思うように配本もしてもらえないのが現実だった。売らなければ売らせてもらえない。そんな迷宮のような構図も、トキワのような地方都市の書店が抱える悩みのひとつだ。

ビデオレンタルコーナーのアルバイトだった詩緒が、仕事帰りに買った本を今も覚えている。たまたまレジに亮太がいた。彼女が選んだのは、地元出身の新人が出した小説のデビュー本だった。表紙が気に入って、と笑っていた。雪景色に樹が四本という地味な表紙だが、これがイギリスの風景写真家のものだと気付く人間は少ない。ポップの文を書いたのは亮太だった。文章は粗いが、この街が舞台の短編も収録されていた。静かなデビューを見守るつもりで「オススメ」のポップを立てた。

「この表紙の写真家が出した写真集もあるんだよ。高くて店頭には置けないけど」

それはいくらか、と素直な眼差しで訊いてきた。「千部限定で一冊一万円」と答えると、詩緒は黒目をくるりと回しておどけていた。

布団を車のトランクに詰め、少し早めに待ち合わせ場所の店内入り口に立った。ぼんやりと、詩緒がどうして自分を頼ったのか考えた。昨夜よりも「あきらめ」が薄れていた。亮太はそれが、彼女を医者へ連れて行ったことやひと晩泊めたことへの、いやらしい対価のように思えて奥歯を強く嚙《か》みしめた。

アルバイトを辞めたあとに引っ越していなければ、彼女のアパートは亮太の住まいから更に住宅街の奥へ入ったところにあるはずだった。歩いて十分というところだろう。まだそこにいるのだとしたら、男が彼女を見つける可能性は充分にあり得た。亮太の背筋にぞくりと寒気が走る。

ただ、そんな気持ちの片隅に小さな花が開きかけてもいた。おかしな期待はよそうと思ったところで、左手にユニクロと食料品の入ったレジ袋を提げた彼女が現れた。

荷物を半ば強引に受け取り、亮太は車に向かった。詩緒を『コーポ・シルビア』に送り届けて、コンビニで昼食を買ったらすぐに職場に向かわなければならない時刻だ。

アパートを出る際、合い鍵《かぎ》を詩緒に渡した。

「何か用事があるときに使ってください。本棚の本、好きに読んでいいから」

僕は昼出なんで、帰りは遅いです。適当に何か食べて休んでいてください。

詩緒が持っていたレジ袋には、食パンや牛乳、豆腐や味噌《みそ》という食材が入っていた。

とりあえず、しばらくは亮太のところにいるつもりのようだ。

濃い青を広げた秋空の下に出ると、昨夜初雪を見たことも忘れてしまいそうだった。

この半日に起こったことを順序立てて考えてみるが、気持ちの隅で半開きの花が揺れるだけで、自分にも詩緒の心根にも納得や理解は覚えなかった。

その夜、部屋に戻った亮太を待っていたのは、昨日のおでんを刻んで作ったカレーだった。詩緒が動くたびに、髪から嗅《か》いだことのない良い匂いがする。顔の湿布や右手の包帯は痛々しいが、シャワーを浴びてユニクロのスウェットを着た詩緒は、バイト時代のおとなしい気配を取り戻していた。

亮太は炊飯器に炊きたてのご飯が入っているのを久しぶりに見た。

「あり合わせで申しわけないんですけど。このまま捨てるのはもったいないと思ったので」

こんにゃくの入ったカレーライスを食べたのは初めてだ。味はカレーでも、予定の食感をことごとく外している。はんぺんの次は牛すじ、その次は焼き豆腐。カレー味がついていればだいたいのものは食べられるというのは本当かもしれない。ただ、きんちゃくだけは最後まで残った。口に運ぼうかどうしようか迷っていると、詩緒は自分が食べると言い出した。

「いや、大丈夫」

急いでご飯と一緒に口に放り込んだ。噛んだとたん、予想を大幅に超えた奇妙な味が広がったが、飲み込むとすぐに笑いがこみ上げてきた。

「やっぱり、きつかったですか」

「いや、そうでもないよ」

腫《は》れた頬に貼った湿布の角が、はがれて持ち上がる。目は泣きそうなのだが、懸命に笑いをこらえているようだ。

「なんだか罰ゲームみたい。きんちゃくを刻むと、ものすごくルーの見栄えが悪くなりそうで。切ろうかそのまま入れようか、最後まで迷ったんです」

「入れないっていう選択肢はなかったの」

腫れが引けばかたちよく艶《つや》やかな唇が、「あ」と開いたきりしばらく言葉を失った。ここ半年のあいだに彼女に起こったことや亮太の日々が、加速をつけて転がりだした。詩緒の傷の深さを思った。その思いはすぐに彼女への愛《いと》しさへとかたちを変えた。もっとずっと、長くこの笑顔を見ていたい。少しでも長く。亮太は唇を開いたままの彼女を見て、無理やり笑った。

最後のひとくちを飲み込んだあと、自分が洗うと言って立ち上がった彼女を止めた。

「その指が治ったらお願いするから、今日はちゃんと休んでください。食事のことはいいんです。ずっとひとりでやってきたし」

せめて指が治るまでここにいてくれと言わないのは、良くも悪くも身に付いてしまった分別と、いやらしい保身なのだろう。少しはひとに頼ったほうがいいのかもしれないと頭では思うのだが、亮太は彼女に限らず、他人にそこまでうち解けられる術《すべ》を持っていなかった。自分を頼ってくれた嬉《うれ》しさと、突然気持ちを揺らされたことへの戸惑いがぎりぎりのバランスを保っている。

今はただ、心に重い蓋《ふた》をかぶせて長い夜をやりすごすしかないように思えた。

その男がトキワ書店に現れたのは、詩緒が亮太の部屋にきて半月ほど経ったころのことだった。ゼブラ柄のぴったりとしたパンツに合皮のジャケット姿で、ゴールドとピンクで縞に染めた髪を背中まで垂らしていた。細い目は鋭いというより酷薄な気配を漂わせており、薄く小さな唇は、そのまま男の卑屈な心根を思わせた。

亮太はそれとなく男のあとをつけてみた。男は店内を一周し、音楽雑誌を数冊立ち読みして、レンタルコーナーを覗《のぞ》いたあと再び店内を歩き始めた。

視線は常に宙を漂い、トキワ書店のエプロン姿を見つけては止まった。何度も同じ本を手にしている。詩緒を捜しているのは間違いなさそうだ。彼の勘が大きく外れていないことが薄気味悪かった。亮太はほとぼりがさめたころ詩緒に、トキワでのアルバイトを勧めようと思っていたのだ。

詩緒は、半月のあいだに顔の腫れも内出血もほとんど目立たなくなった。指の包帯こそ取れないけれど、亮太が持ち帰る雑誌や本、レンタルDVDなどを相手にのんびりと過ごしているように見えた。会話といっても、深い話はしない。昼間見たテレビのことや映画の感想などで、もちろん怪我のことには男の存在も含めほとんど触れない。

触れ合うでもなく、探り合うこともない——ように努めている——生活は、時間の配分も含めほとんどひとりでいたころと変わりなく流れた。シフトも帰宅時間も変えない。部屋を出るときに詩緒に見送られ、帰れば彼女がいる。一緒に食事をすることも、まめな洗濯のお陰でせっけんの香りが漂い始めた部屋での生活も、心を安定させようと努めてさえいれば居心地よかった。

男の存在は亮太の小さな幸福を外側から脅かした。男は事務室の前にある「関係者以外立ち入り禁止」の札の前でしばらくたたずんだあと、回れ右をしてトキワ書店から出て行った。

その日から昼間に現れたり、夕方、閉店間際と時間を変えてやってくる彼を何度も見かけるようになった。亮太は男がやってくるたびにそれとなくあとを追い、彼が目的のものにたどり着かないことを祈った。もちろん詩緒に報告するつもりなどない。そうしながら、詩緒の携帯に連絡が入っていることを不安に思う自分がいる。

日付が変わりそうな時刻、部屋に戻った亮太の携帯が鳴った。鶴居の保養施設で管理人をしている父からだった。頼まれていた鶴の写真集を届けがてら、二か月前に顔を見に帰ったきりだった。保養施設は飲料水メーカーの持ち物だったが、空きがあれば一般客も受け入れる。管理人夫婦ふたりでまかなえる程度の、秘境愛好家からの問い合わせが多い日本家屋だった。暖房は旧式でもセントラルヒーティングだ。そうでなくてはとても冬場の寒さはしのげない。大広間の真ん中には社長の趣味という囲炉裏があって、建物内外の設備面は父親が、料理全般と掃除は母親が担当していた。

いっときは旅雑誌などの取材も頻繁だったが、ここ数年は一般客からの問い合わせも減り、社員も保養施設を利用しなくなっていると聞いた。建物の維持にも金がかかり、いつ閉鎖になるか分からない状態だと父がこぼしていたのを思いだす。

みそ汁を温めている詩緒の背を見ながら、通話ボタンを押した。仕事相手なら五十五歳はまだ若いという印象だが、自分の両親となるとそのようには思えない。黒々としていた父の髪は白髪のほうが多くなり、母も血圧が高いことを気にしている。

父は「元気でやってるのか」と言ったあとしばらく黙った。そっちはどうなのかと返す。少し言い渋る気配のあと、こっちは年内いっぱいだ、と言った。

「保養所を閉めることになった。二十年お世話になったし、一応正社員だったから退職金も出るんだけど。事実上のリストラだな。本社にも支社にも異動先はないそうだ。どちらかひとりでも何とかならないかと頼んでみたけど、無理のようだ」

「鶴居を出るの？　母さんは何て言ってるの」

「明日《あした》は明日の風が吹くんだと」

亮太の口から笑いが漏れた。黙々と働く父親の側で、いつも笑いながら手を動かしていた母を思いだした。

——昨日より今日、今日より明日のほうがいい日に決まってる。

亮太が幼いころから、母はいつもそう言って笑った。決して豊かとはいえない生活も、母の笑顔によって明るく乗り越えてこられた。

「こっちに出てくるのなら、住むところを探さなくちゃならないね」

父は少し迷った風の口ぶりで「実はねぇ」と言った。

「母さんが、二世帯住宅にしたいって言い出した。新築は無理でも、どこかに中古物件があれば、頭金くらいは貯めてあるからって」

「二世帯って、誰と住むの？」

父が呆《あき》れたように「お前だろう」と答えた。ふたりのあいだには亮太ひとりしか子供がいない。言われてみれば当然のことを、理解するのに少しかかった。

「頭金は母さんが虎の子を出すそうだ。だから、月々の支払いがお前のアパート代程度になるような、手頃な物件を探したいんだと」

「俺がローンを払うのかい？」

父は「無理ならちゃんと言ったほうがいい」と言って母と代わった。耳に母の声が滑り込んでくる。いつもと変わらない、明るい声だ。「亮太」、と母が言った。

「保養所にいてもわたしらは、結局なにひとつ自分のものはなかったんだ。お前もいい年になったし、同じ家ってわけにもいかないじゃない。老後は二世帯住宅でのんびり暮らすのが、わたしの夢だったんだよ。ちょっとばかり早まったけど。頭金はなんとかなるから、一緒に探してくれないかい」

今度は「父さんは何て言ってるの」と訊《たず》ねることになった。

「亮太が賛成すれば、それでいいって言ってるよ」

詩緒の背中がこちらの会話を吸い込んでいる。汁椀《しるわん》が、こたつの天板に置かれた。卵焼き、レタスのサラダ。冷や奴《やっこ》、缶ビールが一本。次々と並ぶ、ふたりの夜食。詩緒は亮太の胃もたれを心配して、遅番のときは穀類を出さない。その代わり、朝は炊きたてのご飯と納豆が出てきた。

「年内は鶴居に居られるの？」

「いろいろと整理することもあるし、もしも買い手がつくようだったら案内もしなきゃいけないみたいだ。有給休暇があるんで、十二月の半ばにはここを出たいと思ってるけど」

まだ「いつでもいいからこっちにおいでよ」と言っていなかった。普段の亮太ならば、迷わず「何かできることはないか」と訊ねているところだ。

「亮太」

息子の名前を呼んだきり、母が黙った。心臓が飛び出しそうだ。からからとした母の声が、急に柔らかく変化した。

「部屋《そこ》に、誰かいるのかい？」

意を決して「うん」と答えた。あとの言葉がなかなか出てこない。数秒、沈黙が続いた。

「うちらのことはまあ、まずは荷物を運び込むアパートでもいいんだ。いい物件があれば二度引っ越す手間が省けると思っただけ。お前の都合もあるだろうから、この話はとりあえず考えておいてくれってことで。それでいいかい」

わかった、と言って通話を終えた。

「ご両親からですか」

「年内で鶴居からこっちに出てくるそうだよ。もう企業が自社の保養施設を維持できるような時代じゃないしね」

「ご両親、もしかして店長と一緒に暮らしたいんじゃないですか」

まっすぐな瞳《ひとみ》で訊ねられると、何と答えていいのかわからなくなった。

その夜、それぞれの布団に入ったのは、午前一時をまわったころだった。暗がりで目を閉じているのに、なかなか眠気が降りてこなかった。毎夜、彼女の寝息に安心しながら眠りに落ちて行く。今日は寝息が聞こえてこない。端から見れば不思議な生活も、亮太にとっては何ひとつ矛盾がなかった。

彼女と過ごす「共同生活」を大切に思っていることを、そろそろ伝えたほうがいいのかもしれない。亮太が口を開きかけたときだった。

「店長、起きてますか」

うん、と答える。数秒の間を置き、詩緒が言った。

「ここに来たのは、間違いだったかもしれないです」

「どうして」

「店長、何も訊《き》かないから」

事情を聞いてから病院に連れて行くのが筋だと分かっていたが、訊けばあの男のことも口にしなければならない。傷だらけの詩緒にそんなことをさせるのが不憫《ふびん》で、ずっとそのままになっていた。

「俺ね、すごく居心地がよくなってきてる。最初はドキドキしたけど、なんだか今はちょっと違う」

暗闇だからこそ言えた。深まってゆく冬の気配と、暖まった部屋へ帰ることとの幸福感。そんな些細《ささい》なことのひとつひとつも、自分には永遠に訪れないとあきらめていた。こんな気持ちを、どう伝えたらいいだろう。

「わたし、頼る実家も友達もありません。父も母も、今は別の人と暮らしてるし。もともと友達なんかいなかったし。トキワを辞めてから割のいいバイト先を転々としたけれど、ぜんぜん生活できなくて。一緒に暮らしていた彼に、水商売かもっと稼ぎのいいところに行ってくれって言われたんです。返事をしなかったら、こんなことになっちゃって」

声が震えていた。早く彼女の言葉を否定して、優しく包まねばならない。わかっている。ただ、小説で得た知識がどこまで本当なのか、自分の演技が通用するのか、陳腐な言葉を吐いたらどう収拾をはかるのか、なにひとつ自信がなかった。

「店長が、このアパートから出てくるのを見たことがあったんです。帰る時間も何となく知ってたし」

「うん――」

「きっと嫌われてないだろうと思ったから」

明日帰ります、という言葉に、思わず「どこに」と訊ねた。詩緒は答えなかった。亮太の脳裏にここ数日トキワ書店に現れる男の姿が蘇《よみがえ》る。彼女をあんな男のいる部屋に帰すくらいなら、と思った。ここでどんな恥をかいても気持ちを伝えるのが本当だろう。ただ、いざとなると足がすくむ。おかしな分別が邪魔をしていた。このままだと恥のかきかたにも滑稽《こっけい》な演技が交じりそうで怖かった。

かさかさと布団が擦れる音がした。暗闇で詩緒が起きあがる気配。亮太はベッドの上で身を硬くしていることを悟られまいと、咄嗟《とっさ》に背を向けた。

「そっちに行ってもいいですか」

詩緒の声が背骨に響き、体の奥に染み込んでくる。亮太はきつく目を閉じた。

詩緒がベッドに滑り込んできた。背中に彼女の体温。持ち上がる欲望の大部分が、助けを求めている。誰が救ってくれるのかわからないまま、祈った。

否定的な言葉ばかりが血になって全身を巡る。肩口に詩緒の息がかかった。肩胛骨《けんこうこつ》に両手が添えられた。亮太は身動きもできず、背中から伝わってくる女の体温に耐えた。

「だめですか」

「明日出て行くつもりで、こういうことするの？　まさか、今までのお礼とか言うつもりじゃないよね。俺、嫌だな、そういうの」

「どう受け取ってもらっても構いません」

張りつめたものが、萎《な》えた。ほっとして肩の力が抜けた。同情で好きだなどと言われるのは真っ平だ。やはりこれはただの「お礼」なのだと思ったあとは、いくぶん気持ちも楽になった。

仰向《あおむ》けになる。萎えた欲望も持ち上がる気配はない。大丈夫。まだ自分を保っていられる。満足しかけたとき、詩緒の左腕が亮太の胸を横切った。胸にのせた頬が首筋に上ってくる。こんなとき腕が女の背へとまわってしまうのは、きっと条件反射だ。拒絶できない。亮太は心臓の鼓動を聞かれている恥ずかしさのなか、近づいてきた詩緒の唇に自分のそれを重ねた。女の唇に触れたのも、体の重みを胸に感じたのも初めてのことだった。

唇が離れた。胸が波打つほど大きな深呼吸を繰り返す。言わずに前へ進むことなどできない。亮太はようやく自分を押しとどめているものの正体を摑《つか》んで、天井に向かって言った。

「気持ち悪いと思われるの、わかってるんだけど」

一度も女の体に触れたことがないことを告げた。マフラーを改造した車が、通りを猛スピードで走り去ってゆく。爆音。少し遅れてパトカーのサイレン。

目を瞑《つむ》った。詩緒の吐息が肩に熱い。彼女がこのまま何も言わずにベッドから去ってくれることを祈った。今ならば、大きく傷つかずに済む。告白の理由はただそれだけだった。

好きな女は何人もいた。いたけれど、一度もうち明けたことがなかった。特別内向的な性格だったとは思わない。ただ、次にどんな展開が待ち受けているのか、前向きな想像をするのが下手なことは確かだった。好きで読んできた本の数々も、どういうわけか亮太のそんな性質を打破する方法だけは教えてくれなかった。

三十を過ぎたころ、もう、きっとずっとこのままなのだろうと焦りもなくなりかけてきたころ、詩緒に出会った。いっそ再会しなければ、淡い片恋の思い出で終わった。

詩緒の体の下で、浅い呼吸を繰り返した。心臓が重なっている。なにかとても優しいものに包まれている。幸福感の傍らで、この時間が通り過ぎてゆくことへの恐怖がちりちりと皮膚を焦がしている。

詩緒の唇が亮太の耳元でとまった。耳たぶを挟んだ。湿った音が頭の奥へ滑り込む。欲望が静かに持ち上がり、包み込む彼女の指先を汚した。泣きたい気持ちを必死に耐えた。

詩緒の腰がゆるやかに亮太へと落ちてくる。経験のない柔らかさに全身を包まれていた。両腕を伸ばした。乳房にたどり着いた指先を、詩緒の手が包み込む。奇跡が亮太の過去と体をのみ込んでいた。何か言わねば、と焦る唇を再び柔らかな唇が塞《ふさ》いだ。

夜の終わり、シーツに沈んだ彼女の頭を胸に抱いてここにいてほしいと願った。

胸元で小さく額が動いたような気がした。


一週間ほど姿を見かけなかった男が、再びトキワ書店に現れた。

「すみません、店長さんってどこにいるんですか」

身なりは先日と変わらず、すれ違う客がそれとなく避けて通る。しかしよく見れば、眼差《まなざ》しは思ったよりも幼かった。ただ、顔が変形するほど女を殴る場面を想像するだけで、言葉にならない怒りがこみ上げてくる。

「店長は自分ですが」

精一杯の余裕を込めて微笑んだ。男は先日店内をうろついていたときとはうって変わって、唇を突き出し、弱りきった表情だ。

「すんませんけど、ここにいたアルバイトのことで訊きたいことがあって」

「どんなことでしょうか」

「坂木詩緒っていうんですけど。またこっちで働いてないかと思って」

「春までレンタルコーナーにいた坂木さんのことでしょうか」

男の唇が更に尖《とが》り、うなずいた。

「彼女なら、三月に辞めたきりですが」

「また雇ってほしいとか言って、こっちに来ませんでしたか」

自分の知る限りではそういうことはないと答えた。心臓の鼓動が少し速くなった。

男はピンクとゴールドで染めた髪をかき上げ、「どこ行ったんだ、ちくしょう」と呟《つぶや》いた。

「電話してもメール打っても返事がないんです。正直困ってんですよ」

「こちらとしても、ずいぶん前に辞めたバイトさんですし」

男は何度も髪をかき上げ、そのたびに整髪料のついた指先をボトムの太ももで拭《ぬぐ》った。亮太は新刊の棚を整えるふりをしながら、苛《いら》つく男から視線を逸《そ》らした。しばらく亮太のそばに突っ立っていた男が再び「すんません」と声をかけてきた。本を置いて、できるだけゆったりとした仕草で向き直る。店長さん、と男が言った。

「あいつが働けるところなんて、そうそうないと思うんですよね。あんななりしてるくせに、水商売は絶対に嫌だって言うし。もしここに頼ってきたら、伝言頼んでいいですか」

「あれきり見かけることもないですし、必ずお伝えできるとは限らないですよ」

男はそれでもいいからと言った。

「俺、テツヤっていいます。あいつが来たら、クリスマスライブに出られることになったって伝えてくれませんか。来てほしいって。メール、読まないで捨ててるかもしれないから」

心細げな男の瞳《ひとみ》に向かって、にっこりと微笑み、うなずいた。

「わかりました。もしお店で見かけたら、そうお伝えします」

男は短く礼を言ってトキワ書店を出て行った。見送った亮太の脇や背中は、じっとりと嫌な汗で湿っていた。

トキワ書店を出るときは必ず詩緒の携帯に連絡を入れた。

「何か、買って帰るものはない？」

「牛乳と卵がきれかかってます」

「わかった。もうじきこっちを出るから」

夫婦気取りに照れながら、詩緒に頼まれたものをコンビニで買った。思い立って、ふたつ入りのチョコレートケーキのパックも買い物かごに入れた。男のことを話すつもりはなかった。微《かす》かなやましさが甘いものへとかたちを変えているのだった。

「こんな夜中にケーキなんて、胃もたれしない？」

大丈夫さと返す。大丈夫さ。自分にも言い聞かせた。ケーキを食べ終わり、詩緒が時間をみて沸かしてくれた風呂《ふろ》に入る。二日に一度、彼女を抱いた。毎日彼女の体に入ってゆくのは怖かった。詩緒の体に溺《おぼ》れることにより、自分がこのまま見境のない男になってしまうのではと怯《おび》えた。

できるだけ優しく触れているつもりでも、まだ自信は持てない。女の体は指先で押しただけですぐに傷ついてしまいそうな、薄い皮膚で覆われている。うっかり力を込めればすぐにそこから腐敗が始まりそうな、真夏の桃みたいだった。こんな柔らかなものを、どうして殴ったり蹴《け》ったりできるのか、考えるだけで胸が悪くなる。

満ち足りた気持ちで詩緒と横たわり、携帯の充電はどうしているのかと訊《たず》ねた。トキワ書店に現れた男の顔がよぎった。

「店長のと同じだったんで、留守中に充電してます」

「誰からも掛かってこないの？」

「掛かってきません」

「遠慮しなくていいんだよ」

「掛かってきません」

その夜、詩緒の寝息を聞くより先に、亮太が先に眠りへと吸い込まれた。

明け方、ゆらゆらと彼女の中でたゆたっている夢をみた。目覚めたときは既に、欲望が張りつめていた。まだ太陽が昇るまでには時間があった。眠っている詩緒の下着にそっと指先を這《は》わせる。何度触れても、何度体を沈めても、自分のものという気がしない、不思議な場所だ。

迷宮に、指先が吸い込まれた。目覚めた詩緒が自らパジャマを脱いだ。亮太はゆっくりと彼女の内奥へ進んだ。一歩一歩確かめるように、柔らかな襞《ひだ》のひとつひとつが自分を拒絶していないことを確認しながら沈んだ。吐息が細く長く、耳に滑り込む。詩緒の背が反り返った。かたちのよい乳房が頼りなく揺れ、先端が震えている。唇で震えを止めた。

朝、亮太は朝食のトーストにチーズを載せながら、中古住宅のオープンハウスへつき合ってくれないかと誘った。

「オープンハウスって何ですか」

「売りに出てる家の見学。看板の地図を見たらけっこう近かったんだ」

場所は滝澤医院のすぐ裏手だった。電話で問い合わせてみると、申し込めばいつでも中を見せてくれるという。最近、Mハウスの建て売りが並び始めた住宅街だった。病院も書店もスーパーも、歩いて行ける距離にある。建売住宅のほうは既に一棟しか残っていない。

まず目についたのは二世帯住宅という文字だった。新築となると、いくら母が頭金を出すといっても、とても手が出ない。しかし、築二十年の完全リフォーム、九百五十万という数字なら爪の先くらいは引っかかりそうな気がしている。トキワ書店でこのまま何ごともなく働き続けることができれば、ローンだって今の家賃程度でなんとかなるだろう。

亮太の想像は終わらない。もしもそこに両親と詩緒がいてくれたらと考えるだけで、心臓が期待で持ち上がる。届かぬ夢ではない気がした。

「お家《うち》、買うんですか？」

「鶴居の両親が、頭金を貯めてるって言うんだ。こっちでまずはアパートを借りるようなことも言ってるんだけど、いい物件ならそっちに越したほうが手間が省けるでしょう」

「店長も、そちらに住むんですか」

亮太は意を決して、見学に行くついででいいから、両親に会ってくれないかと切り出した。特別、嬉《うれ》しそうな顔を期待していたわけではなかった。うなずいた目元と微笑んだ唇が寂しげに見えたのは、気のせいと言い聞かせた。自分を安心させる材料はいくらでもある。あの男に、こんな甲斐性《かいしょう》はあるまい。やっとライブに出られるようになったという程度で、逃げた女を捜し始めるくらいだ。そんな男に彼女を幸せにできるはずはない。ただ、そうした自信の傍らには常に同量の不安が用意されていた。

二日後の休日、オープンハウスの入り口で、髪の毛を黒に戻した詩緒を両親に引き合わせた。昨夜、冗談を言い合いながら毛染めを手伝った黒い髪、グレーのフリースとジーンズ姿の詩緒。亮太が知る、この春までの彼女だった。

助手席から出て来た詩緒の姿を見たとたん、母はいきなり泣き出した。父も嬉しい表情を隠さなかった。自己紹介を終えて玄関に一歩足を踏み入れたとき、母がはっと我に返った様子で振り向いた。

「本当にこの子のお嫁さんになってくれるの？」

「ちょっと待って。母さん、気が早すぎる」

亮太は慌ててふたりのあいだに割って入った。その答えを最初に聞くのは自分でいたかった。

オープンハウスを案内してくれたのは、滝澤医院の院長の夫だった。ふたりで犬の散歩をしている姿を何度か見かけたことを伝える。彼はまた一緒に暮らしているのだと笑った。

「また、って」

「一度別れたんですよ。僕は出戻りなんです」

「新しい先生に、院長は病気療養中と伺いましたが」

「ええ、ちょっと長いお休みをいただいてるんです」

明るく答えられると、それ以上は問えなかった。

九百五十万円という値の付いた中古の二世帯住宅を案内しながら「水まわりも含めて、リフォームは万全です」と彼が言った。月々の支払い計算もその場で出してみせた。父と母がMハウスの営業社員の手元をのぞき込む。表示された数字を見て、ふたりとも目を輝かせている。

「端数が気に入らないな。引いちゃいましょうか」

それが彼の裁量の範囲内かつ取引方法のひとつと分かっていても、その場で五十万の値引きをし、各種手数料も込みにするという話は魅力的だった。亮太は両親の顔を交互に見たあと、彼に向かって首を縦に振った。

日中もときおり雪がちらつくようになった。道東の港町には、年明けまで積もるほどの雪は降らない。詩緒の指に巻かれた包帯も、保護テープで間に合うようになっていた。真横に割れた爪の先も、ようやくはがれ落ちた。顔にも体にも、もうどこにも目立った傷はなくなった。

引っ越しを次の週末にひかえた休日、八割がた荷造りを終えた。二か月のあいだに増えた詩緒のこまごまとした荷物も、集めてみると大型の紙袋ふたつになっていた。男の元に残してきたもので、惜しいものは本とＤＶＤくらいだという。

引っ越しが近づくにつれ、亮太の気持ちを占めてゆくのは「新しい生活」と「訣《けつ》別《べつ》」のふたつだった。ここしばらく、詩緒の携帯に夜中のメールが入るようになっていた。電源を切り忘れたことを詫《わ》びることが数回続いた。それでいてすぐに確認するでもなく、放っておく。メールがあの男からのものだということは、容易に想像がついた。

「電話もくるの？」

「ときどき。でも出てない」

「僕が出たら、二度とこなくなるんじゃないかな」

そんなことはしなくていいという詩緒の表情に、苛《いら》立《だ》ちが交じった。いっそ携帯を換えてしまえばいいと提案したが、うなずく様子はなかった。亮太のほうは男の話が出てもさほど気にならなくなっていた。ここまでは追いつけまい、という妙な自信が胸の奥にどっかりと腰を据えていた。

引っ越しを三日後にひかえた休日、おおかたの荷物が段ボールに詰められ、壁に積み上がった。あとは布団を残すだけだ。午後三時を過ぎて、既に空は夜の気配だ。処分することに決めたパイプベッドは、午前のうちにリサイクル業者に引き渡した。

あとは詩緒のために買った間に合わせの布団がひと組あるだけだ。引っ越しまでこの布団で過ごし、その翌日からは二階のいちばん陽当たりの良い部屋で眠る。陽の光を吸った新しい布団で、詩緒と眠る。抱き合って眠る。

暮れてゆく部屋で、詩緒の体に手を伸ばした。唇を重ねても、もう心臓が波打つことはなくなった。深く踏み込むときに彼女の口から漏れる声が、亮太に自信をくれた。自分の体が詩緒のために存在していることが嬉しかった。

亮太は中で果てることを望んだ。のぞき込んだ瞳《ひとみ》に問う。詩緒は目を閉じた。初めて彼女の内側で果てた。今まで得たどんな快楽よりも満ち足りていた。強く抱きしめた真夏の桃が、熟れ始めていた。

赤々と炎を放つFF式ストーブの近くで、詩緒の携帯が振動を始めた。抱きしめていた体が、驚きで跳ねた。繋《つな》がりを解いた結び目が炎の明かりに浮かび上がる。ふたりでしばらくのあいだ振動する携帯を見ていた。震えは一分経っても止む気配がなかった。

おかしな優越感が胸に舞い降りた。

「出なよ。ちゃんとお別れしたほうがいい。実は彼、トキワにも何度かきてたんだ。クリスマスライブに出られるようになったって、伝えてほしいって言われてた。黙ってたのは謝るよ」

ちゃんと別れなさい――。

詩緒が緩慢な仕草で携帯を手に取った。裸の背がオレンジ色の炎に照らされて、背骨の突起のひとつひとつに影を作っていた。携帯電話の着信ボタンを押した。耳にあてたまま、黙っている。男の声が静かな部屋に漏れ、空気を伝わり聞こえてくる。話すというより、叫んでいた。亮太の場所からは「ライブ」という言葉だけしか聞き取れなかった。

詩緒が無言で亮太を振り向き見た。裸の胸に手を伸ばす。冷たい詩緒の背中に、ぴったりと胸をつける。男の声が耳に入ってくる。

「今夜、八時からだから。俺、待ってるから」

詩緒の窪《くぼ》みにそっと触れた。さっきまで亮太がいた場所には、まだ火照りが残っていた。詩緒の内奥に放ったものを確かめたくて、奥へと指を滑らせた。携帯から男の声が漏れてくる。騒がしい場所にいるようだ。何度も詩緒の名前を呼んでいた。

スイッチを切った携帯を、詩緒は荷物が積み重なった壁へと放った。亮太は再び詩緒と繋がった。自分たちの居場所から男を追い出すため揺れ続ける亮太の下で、甘い喘《あえ》ぎがいつの間にか嗚咽《おえつ》に変わった。

その夜、詩緒は「おでんを買ってくる」と言って立ち上がった。着替えを始めた詩緒の背を、黙って見ていた。ぴったりとはりつくようなジーンズ、豹柄《ひょうがら》のTシャツ、ミリタリージャケット。ライブの開始時間が近づいていた。「行くな」と言おうとしたのに、違う言葉になった。

「それ、ちょっと寒いんじゃないか」

詩緒は答えなかった。壁に放った携帯をバッグに入れた彼女が、蛍光灯を背にして亮太を見下ろす。亮太は詩緒にこんな寂しげな目をさせているのが、あの男なのか自分なのか、懸命に考えた。玄関に向かって歩き始めた詩緒の背に向かって言った。

「そんな格好で、どこに行くつもり」

「だから、おでんを買いに行ってくるって」

「そんなもの、要らない。食べたくない」

詩緒は「うん」と応《こた》えるものの、振り返らずにブーツを履いた。閉まったドアに向かって、ようやく言いたかった言葉がでてきた。

「行くな」

亮太はそのとき初めて、自分が女の気持ちを試してしまったことに気づいた。

引っ越し前夜、亮太は意を決して詩緒に電話をかけた。

呼び出し音を聞きながら、段ボール箱だらけになった部屋を見ていた。紙袋にふたつ、詩緒の荷物。抱き合った布団。

台所用品を詰めた箱には、詩緒の文字で「台所・調味料その他」と書かれていた。

「わたし、サトウシオになっちゃうんだね」

料理が下手くそなのに、と笑った声が、コールの音と一緒に耳奥でこだましていた。

ラッキーカラー

あら、きれいな赤。

点滴の針を挿入する浦田寿美子の耳元で、鈴音が言った。自宅で末期医療に入ると告げられてから八か月が経とうとしている。あと一か月もすれば春の遅い街にも気の早い桜がひとつふたつと咲く。病状を告げる際、内科医である彼女は「桜の季節までは無理だと思う」ときっぱり言ったのだった。

鈴音の視線は看護師の浦田寿美子が足下に置いたバッグに注がれていた。

「気がつくと黒やグレーのものばかり着てしまうんで、ちょっと差し色にと思って」

寿美子はいいわけめいたことを言ってしまったと思いながら、血管を浮かせるために上腕に巻いてあったゴム管を解いた。言葉や思いとは関係なく、体は看護師として無駄なく動く。鈴音に代わって滝澤医院を引き継いだ柿崎美和が、無言でベッドに歩み寄り点滴の中にワクチンを入れた。院長交代は、医師も看護師もひとりずつという滝澤医院には大打撃だったはずだが、当初心配したほど大きな患者離れもなく済んだ。

鈴音は市民病院で安楽死事件を起こした柿崎美和を、赴任先の離島から呼び寄せた。寿美子が見る限り医師としての腕はふたりとも同じくらいだが、鈴音がほんわかと柔らかな気配なのに対して、美和は内科医としては珍しく、ときおり刃物のような気配を漂わせることがあった。

「患者さんは浦田さんに会いたくてくるのよ」と鈴音は言う。医者に頼られる看護師でいられる幸福と、その荷が重い日と、四十九歳独身女の開き直り。それらが寿美子を仕事から離れさせせない。開き直るまでに歩いた道のことは、気持ちの底に沈めたままにしてあった。

「一時間したら、またくるから」

美和が鈴音の携帯を枕元に置いて部屋を出て行った。

寿美子は床に膝《ひざ》をつき、ダブルベッドの端で仰向《あおむ》けになっている鈴音に目の高さを合わせた。この人ならばと思い、独立開業の際に一緒に市民病院から出た。円満退職にはやや賛同が足りなかったが、後悔したことはない。

鈴音に病名を告げられたとき、一瞬だが滝澤医院を辞めようと思った。しかし、できなかった。柿崎美和のひとことに、胸を摑《つか》まれたのだ。

「本人は緩和医療を希望していますが、わたしは治療する方向にもっていきたいと思います。必ず了解させせます。そのときは、浦田さんも一緒にがんばってもらえますか」

古巣の市民病院で元同僚のうわさ話の種になる鈴音を見たくない、と美和は言った。

寿美子も同感だった。ひたむきに生をまっとうすることに力を注ぐふたりを、後ろで支えるのが自分の役目だと信じた。

「赤いバッグ、いいね。浦田さんに似合う」

「ちょっと派手かなと思ったんですけど。たまには冒険も悪くないですね。案外どの服にも合うようです」

歳末セールの棚で見つけた、使い勝手の良さそうな半月形のショルダーバッグだった。見かけよりも物が入り、一泊くらいの旅ならばこれひとつで済みそうだ。ずっと両親と同居で、あらたまって帰るところもない生活なのに、いつもそんなことを考えながらものを買う。

「赤は、ラッキーカラーだったっけ」

鈴音が削《そ》げた頰を目尻《めじり》に向かって持ち上げた。ラッキーカラーという言葉に胸奥が一度、大きく揺れた。

「赤沢《あかざわ》さん、どうしてるかね。そろそろ五年になるけど」

鈴音の視線が天井に移る。寿美子は唇だけで微笑んだ。

五年前、抗ガン剤治療で内科に移ってきた赤沢邦夫《くにお》の担当医が鈴音だった。赤沢は市民病院で胃の三分の一を切除した。彼に、治療を支える家族はいなかった。四十で独身男の故郷は道南。K市から列車で八時間かかる場所にあると聞いた。酪農家の母親は忙しいことを理由に術後一週間で自宅へ戻った。完全看護の市民病院には、職場の人間が数日に一度顔を見せるだけだった。

「浦田さん、お子さんはいらっしゃるんですか」

吐き気がおさまらずにナースコールをした彼が、真っ青な顔で言った。

「こんな立派な腹まわりですからね、どっかのお母《か》さんに見えるかもしれないけど、残念ながら独身です。男はたくさんおりますよ。いつも呼ばれます、ひっきりなしに。ナースコールだけど」

赤沢は力ない笑顔を寿美子に向けた。独身かどうかではなく子供の有無とその年を訊《き》かれるようになってから、もう十年以上経っていた。そのたびに同じ答えを繰り返す。白衣のベルトが少しずつきつくなってゆく中年のウエスト、深く彫られてゆく口元と目尻の皺《しわ》にも慣れた。

やせぎすの看護師は優しそうに見えないのでこれでいいんだ、と言い聞かせながら、体力勝負とばかりに何でも食べたし酒も飲んだ。ただ、若いころは二晩も当直をすればすぐに戻った体重もほとんど落ちなくなっていた。

「独身かぁ。そりゃ良かった」

「なんですか、プロポーズでもしてくれるんですか」

ベッドの背を起こしながら、吐き気に耐える赤沢に向かって言った。思いのほか真剣な眼差《まなざ》しで彼は「はい」と答えた。

長く看護師をしていれば、退院してゆく患者に「ぜひ」と誘われることなど、どうとも思わなくなる。悩むのは最初だけで、患者のそうした感情が一過性のものだということにすぐに気付く。すべては病気という魔物に追いつめられたときに見る幻だ。若いナースにもそう指導した。期待しちゃいけない。退屈な入院生活の、自分たちはちょっとした差し色なのだから、と。当時四十四歳の寿美子は悟りきった眼差しで、悩む若手の相談に乗った。

「ありがとうございます。息子の嫁におっしゃる患者さんはいっぱいいましたけど、ご本人からは初めてですね。お元気になってから、もう一回お願いします」

からからと笑う寿美子とは対照的に、赤沢は笑わなかった。

彼のベッド周りには、タオルや洗面道具にふんだんに「赤」があった。自分のラッキーカラーなのだ、と赤沢は言った。毎日赤いものを見ていたい、という彼が選んだ仕事は消防士。冗談みたいな人、というのが寿美子が赤沢に抱いた印象だった。心の方が先に参るのではと思うような治療の日々を、彼はひとりで乗りきった。

おおよそ二か月間の入院を経て、赤沢の退院の日がやってきた。ひとりで荷物をまとめ、ひとりで病室を去ってゆく彼は、ナースステーションの前で寿美子を呼び出した。朝の、申し送りの時間帯。ほぼ職場全員の見ている前で、彼は言った。

「五年経ったら、迎えにきます。そのとき僕はもう病人じゃない。家であなたに看護してもらわなくてもいい、健康な男です」

呆気《あっけ》にとられる寿美子の後ろで、盛大な拍手が湧いた。五年後、再発の心配が消えたころ、自分はもう五十に手が届くのだとは言えなかった。ナースステーションの拍手に一礼し、赤沢邦夫は退院した。あれ以来一度も会っていない。外来で担当していた鈴音からは「順調よ」と聞いたが、五年を待たず、寿美子は滝澤医院へと籍を移した。

「お元気でいらっしゃればいいですねぇ」

「どうしたの、浦田さん。なんか他人事《ひとごと》みたい」

他人事ですよ、と返す。鈴音はふふんと鼻で笑った。こんな小憎らしい顔をしてさえ、鈴音には愛嬌《あいきょう》がある。

赤沢のラッキーカラーという赤いバッグを買ったとき、彼のことを少しだけ考えた。いや、と寿美子は胸奥で頭を振った。患者に期待するべからず、という教えを自ら破っていた。

「本当に迎えにきちゃうかもよ、彼。きたらどうするの」

「くるわけないでしょう。お元気ならちゃんと別の方と幸せになってます。看護の現場ってのはそういうもんです」

二十八から三十八までの十年間、人には言えない恋をしていた。院内のことだから、おそらく誰もが知っている。表だって噂にできないほど相手が大物というだけで、十年続いた。続けてしまった。ぽつりと鈴音が呟《つぶや》いた。

「浦田さんには、幸せになってほしいな」

「わたしは今でも充分幸せですけど。先生にはそう見えませんか」

「もっと幸せになってほしいんだ」

鈴音は一度別れた夫に病名を告げ、今は一緒に暮らしている。そこにどんな葛藤《かっとう》があったかは漏らさないが、彼を一度として嫌いになったことがない彼女のことを、寿美子はずっと見てきた。再び赤沢の凛《りん》とした言葉が胸に蘇《よみがえ》った。

五年経ったら、迎えにきます――。

再発していないことを、心の底から願っていた。迎えになどこなくてもいい。元気で幸福に暮らしていてくれれば、それでいい。

「わがままを言える相手がいるって、幸せだよ。わたしには拓郎ちゃんがいる。最後まで面倒をかけて、お互い思い残すことなく生きられるでしょう」

思い残すことなく死ねる、とは決して言わないのが滝澤鈴音だった。だからついてきた。居間で鈴音の愛犬、リンが軽く吠《ほ》えた。玄関の郵便受けに何か差し込まれる音がする。振り返ると、リンが寝室の前で鈴音を見ていた。

「リン、おいで」

寝室へ入ることを許されたレバー色のミニチュアシュナウザーは、重たそうなお腹をゆすりながらベッドの脇にお座りをした。心なしか腹が動いているように見える。半月先には子犬が誕生するということだった。交配から六十三日前後で生まれるものらしい。交配後に美和が、女のほうがお金を払って「してもらう」ってのが気に入らない、と言って周りを笑わせた。

「お腹、何匹いるのか、わかりましたか」

「五匹だって。順調らしいよ」

無事生まれたら、鈴音と拓郎のもとに一匹残し、あとは里子に出すという。決まっている行き先は二階に住む美和と、拓郎が住宅の世話をしたトキワ書店の店長ということだった。

「残り二匹のうち、一匹は浦田さんにもらってほしいんだけど。どうかな」

家には年老いた両親がふたり、日々静かに暮らしている。家族が増えれば良い変化もあるだろう。ただ、生き物を飼ったことがないため返事を迷っていた。寿美子は、主人から視線を外さないリンの横で、落ち続ける点滴のしずくを見上げた。

思いもかけぬ便りが届いたのは、鈴音との間に彼の話題が出た二日後のことだった。春雨というには少し雨脚が強い午後、病院の窓口に封書が届いた。

『滝澤医院内　浦田寿美子様』

表には右肩上がりの黒々とした万年筆の文字がある。差出人は赤沢邦夫だった。寿美子は急いで休憩室にあった赤いバッグの中へ封筒を入れた。

午後五時半に滝澤医院を出た。雨はまだ降り続いていた。

年明けから、通勤に買い物に、寿美子は赤いバッグを持ち歩いた。持ち歩くことで赤沢のことをさほど気にせず過ごしていることを確かめている。確かめながらつのってゆく思いを測っている。

この五年、ふっと落とし穴のような場所へと落ち込んだときに赤沢のことを考えた。思い出すたび気持ちが揺れた。じんわりと額から頭から噴き出す汗は更年期のせいにできたが、胸まで締めつけられる理由を探すとき、少し困った。そうした思いは鈴音を見るたびに強くなってゆく。

鈴音がいちど別れた夫に病名を告げるとき、どんな心境だったのかを想像することはためらわれた。鈴音の身になって考えることはできなかった。想像を許すのは他人事という前提があるからだ。看護師として身に付いた学習的な「想像」は、いつも人としての寿美子を傷つけてきた。いつのまにか、矛盾に泣くのが仕事の本質だと思えるようになったが、そのころは「ベテラン」と呼ばれていた。経験から導きだされる寿美子の仕事とはつまり、赤沢に対する気持ちに蓋《ふた》をすることだった。

　帰宅して風呂《ふろ》に入り、母親が作った肉じゃがと焼き魚でビールを一杯飲んだあとも、赤沢からの封書が頭を離れなかった。

「なんかあったのかい。院長先生の容態でも悪いのかい」

「なんでそんなこと訊《き》くの」

「お前がビールを旨《うま》そうに飲まないときは、なにかあるときだよ」

　勘のいい母親のひとことを、笑って流した。父親は相変わらず黙ってテレビを見ている。マヤ文明のセノーテについて掘り下げた番組だった。地の底は水の洞窟《どうくつ》で繋《つな》がっており、山奥の沼から潜ったダイバーがたどり着いたのは太陽の降り注ぐ海岸。画面がコメンテーターに変わった。

　家事の一切、下着の洗濯まで母親に任せていた。両親が市役所を退職してから十二年になる。ふたり揃って七十二歳になる夫婦の一日は静かだ。娘に弁当を渡して職場に送り出し、娘が帰るころを見計らって風呂を沸かし食事の支度をする。

　うちの娘はまるで大名だ、と言いながらも案外楽しそうにしている。両親との暮らしは、周囲に「結婚」を勧められなくなってから、より快適になった。

「ねぇ母さん、犬を飼わない？」

「犬？　なんなの、いきなり」

「鈴音先生のところのリンが、もう少しで子犬を産むの。幸せな人にもらってほしいんだって」

母親の細い目がより細くなり、視線の先がわからなくなった。滝澤医院の事情は話してある。自分がおかれた状況はつぶさに報告してきたが、長く暗い恋の話と、赤沢のことだけは言っていない。

「お前が幸せなら、もらってきたらいいんじゃないの」

テレビの画面が再びセノーテの映像になった。コメンテーターの「みんな繋がってるんですねぇ」という言葉が、啓示のように耳に滑り込んでくる。

自室に戻ってあとは眠るだけになってもまだ、赤いバッグに入れっぱなしの手紙が気になっていた。読めば、どんな内容でも眠れなくなりそうだった。明日《あした》は仕事がある。あれこれと迷っているうちに九時になった。毎晩一、二時間本を読んでから眠るのだが、今日は読みかけの小説に手を伸ばす気にもなれない。

ミステリーだから後半は一気に読んでしまいたい。でも――。

寿美子はバッグの中から取り出した封書の上部を一ミリ、ハサミで丁寧に切り落とした。

『浦田寿美子様
五年前、市民病院でお世話になった赤沢です。突然手紙など送るぶしつけをお許しください。ひっきりなしにあなたを呼び出す男たちのひとりでありましたが、もし覚えていてくださったら、とても嬉《うれ》しいです。先日、市民病院にて新しい職場を伺いました。退院の朝、僕が申しあげたことを覚えていらっしゃいますか。長い長い五年が終わりました。僕は再発しなかった。お目にかかって、そのことをちゃんとお伝えしたく思います。一度会ってください。お願いします』

自宅の住所の隣に、携帯番号が記されていた。「僕は再発しなかった」という文字だけが大きく見えた。デジタルの目覚まし時計を見た。午後九時十分。電話するには少し遅いだろうか。手紙を書くにしても、何と書けばいいのかわからない。「では会いましょう、いつにしますか」「会えません、仕事が忙しいので」間抜けな文面しか思いつかない。そこがいちばんの問題だというのに、会いたいかどうかさえわからなかった。

赤沢の、まっすぐな瞳《ひとみ》を思い出すと途端に意気地がなくなった。自分の命と闘うのがどんなに人間の精神を痛めつけるか、今まで嫌というほど見てきた。再発に怯《おび》えながら暮らす五年間は、寿美子のそれとはまったく違う長さを持っていたはずだ。

自分にはこらえ性というものがないのだ、と寿美子が腹をくくったのが九時半。電話をかけける時間としては確かに遅かった。ただ、もう眠ったという時間でもないだろうとも思った。転職していないとすれば、消防署勤務である。もしかしたら勤務中かもしれない。さまざまな思いが頭の中を回り続けた。

充電器から携帯電話を外す。赤沢のナンバーを押したはいいが、発信ボタンに触れるまでが長かった。呼び出し音が三回、四回。ふつりと無音になった。

真っ白になった頭の中、五年前に彼の枕元にあった赤いタオルがよぎる。電話用のブースで持っていた携帯の色も赤だった。さまざまな赤が寿美子の五年間とすれ違う。

「夜分申しわけありません、市民病院におりました看護師の浦田と申します」

あぁ、という深い吐息が耳に滑り込んできた。言葉を待つあいだの胸のざわめき、胸奥のきしみが懐かしい痛みに変わった。お元気でしょうか、と赤沢が問うた。

「赤沢さん、それはわたしのせりふですよ」

お元気、という言葉に反応したのは男の声に怯える自分ではなく、看護師の浦田寿美子だった。手紙の礼を言った。大丈夫、仕事の顔になっている。

「良かったですね、明日滝澤先生にも報告させていただきます」

「ありがとうございます。長い五年でした」

寿美子は、自分は果たして本当に赤沢のことを報告するだろうかと考えた。今の鈴音は医者なのか患者なのか、その線引きに迷いがある。迷いのあるうちは口にできない。寿美子が市民病院を退職して滝澤鈴音の開院についてきた、と告げると、赤沢の言葉が濁った。

「伺いました。滝澤先生の体調のことも」

思わず、誰がそんなことを、と問うていた。出てきた名前は寿美子もよく知っている内科医のものだった。柿崎美和が市民病院での治療を止めた際のことを思い出した。

「あんたの体のブツは、わたしが叩《たた》く」と言い放った柿崎美和のことを、鈴音は「彼女らしい」と笑った。五年間再発の恐怖に耐えた赤沢と、未知の治療に耐えている鈴音の面影が交互に胸奥で重なりあう。

軽い咳払《せきばら》いが聞こえた。赤沢が仕切り直すように言った。

「お忙しいのは百も承知でお願いします。会っていただけませんか」

驚くほど凪《な》いだ心で「はい」と答えていた。

午後五時、最後の患者を見送った。

あと一週間で生まれるって、と美和が言った。

「鈴音が、リンのお産に立ち会ってほしいって言うんだけど」

「美和先生にですか？」

「わたしだけじゃ心細いみたいよ。浦田さんにも一緒にいてほしいそうです」

膝《ひざ》まである白衣の前を開け、美和が黒いパンツのポケットに両手を突っ込んで言った。軽口をたたけるくらい、ふたりの関係も円滑になった。間に鈴音がいなければ、安楽死というスキャンダルを背負った柿崎美和をこんなにも好ましく思うこともなかったろう。

「お産というより、イベントですね。美味《おい》しいものでも持って集まりましょうか」

「鈴音がひとりで大騒ぎしてる。わたしはオスをもらうつもり。メスふたりの生活じゃ色気もないし」

「色気のないのはお互いさまです」

オス犬一匹じゃ、色気の足しにもならないだろうと言うと、珍しく美和が笑った。

「で、訊きたいのはその指輪のことなんだけど」

寿美子はため息をつきながら自分の左手の薬指を見た。今夜、赤沢と会う約束をしていた。なかなか寝付けなかった昨夜遅く、母方の祖母が遺《のこ》した蒲鉾《かまぼこ》形の指輪に指を入れた。

「この指輪が入るくらいの、手が華奢《きゃしゃ》な男と一緒になりなさい。寿美ちゃんみたいに『ふっくら手』の働く女には、後ろでがっちり支える男が必要なんだよ。体のわりに手の小さい男は気持ちが広いの。うちのおじいちゃんとおんなじ」

　祖母は夫亡き後の十年、ひとりで写真館を守った。写真館の横で小さな餅屋《もちや》を開き、それが当たった。娘である寿美子の母が市役所を退職してのんびり暮らしていられるのも、祖母の遺したもののお陰だった。記憶に残る祖母はいつも体を動かしていた。

「寿美ちゃんはわたしに似て、貧乏性だからねぇ」と笑いながら――。

「ばあちゃん、手の小さい男って、誰?」

　指を広げ、手の甲を眺めていた。現実味のない結婚指輪が蛍光灯の下で光った。するりと指の付け根まで入ったはずの蒲鉾形のプラチナリングは、それきりどんなに頑張っても抜けなくなった。

　石けんでぬめらせようが油を垂らそうが、気丈だった祖母そっくりに、指輪は寿美子の左薬指から動かなかった。朝、目ざとい母がそれを見つけた。

「つまんない見栄《みえ》だねぇ」

　家族にとって寿美子の結婚はブラジルより遠い話題になっている。両親を見送って、やがて自分も良いかたちで消えるのが浦田家の賢い終わり方なのだと、もう何年も前に腹を決めたはずだった。

「浦田さん、いつ結婚したの?」

「美和先生、人のプライバシーに興味なかったんじゃないですか」

美和はにやりと笑ったきり寿美子の左薬指から目を離そうとしなかった。正直、彼女とのやりとりは嫌いじゃない。でも今日は冗談を飛ばし合っている場合ではなかった。寿美子の唇が半開きになった。途方に暮れるとはこのことだ。

「取れないんですよ。昨夜冗談ではめてみたんですけど」

「わざわざそこにするとは、きっつい冗談」

「まったくです」

もう一度引き抜こうと試みたものの、引っ張れば引っ張るほど関節に残念な皺《しわ》を寄せるだけだった。ペンチでやってみる？　と美和が言った。

「死んだばあちゃんの形見ですからねぇ」

「アクセサリーの専門店だと、神業みたいに抜いてくれるらしいけど」

先ほどまでの困惑が、このまま赤沢に会ったら、という考えにすり替わる。

「瘦《や》せるしか、手はないですねぇ」

寿美子は五年前よりひとまわり厚くなった腹回りをぽんと叩いてみせた。

約束は午後六時。プリンスホテルの和食処で夕食でも、ということになっている。ロビーで待ち合わせていた。行きがけにアクセサリー店に寄ろうかどうしようか迷いながら、時間ばかり経った。結局寿美子は指輪をはめたまま赤沢に会うことになった。

美和が自宅に戻ったあと、黒いニットのワンピースと薄いラメの入った同色のボレロに着替えた。後頭部で丸めてあった髪を下ろす。肩に毛先が揺れた。鬢《びん》のあたりに数本の白髪が目立った。年齢の割に少ないほうだが、一度気にしたらずっと気にしっぱなしになるという母の言葉を信じて、染めたことはない。束ねていた髪を解くと、顔の皮膚が弛《ゆる》み目尻《めじり》と頰が心もち下がった。これが本来の位置でしょう、とロッカーの鏡に同意を求めた。豊かな髪も、白いものが交じり始めたころからスタイルを気にしなくなっていた。

六時二十五分、寿美子はプリンスホテルのロビーに足を踏み入れた。ベージュのスプリングコートに、赤いバッグを提げていた。今朝、出がけまでバッグを替えようかどうしようかと悩んだ挙げ句、時間切れでそのまま家を出てきたのだった。

ぐるりとロビーを見回してみる。窓際に並んだ椅子にも奥の売店にも、人は溢《あふ》れている。赤沢らしき姿はなかった。腰を下ろして待っているのもどうかと思い、口紅を塗り直すつもりで化粧室に入った。

化粧室には、宴会前の女たちから漂ってくる香料のにおいが充満している。病院のにおいに慣れた鼻先がむず痒《がゆ》くなった。

バッグから口紅を取り出し、鏡の前に立った。さっきより更に頰が下がった気がする。唇を横に広げてパールの効いたブラウンをのせた。若いころは大人びて見えた色も、今は年相応の落ち着いた気配だ。くたびれている。冷静に見る自分の顔には、これから男と会う華やかさがなかった。好き嫌いにかかわらず、男と会う前の顔には微《かす》かな媚《こび》があるものだ、と寿美子は思う。今日の自分にはそれがない。

化粧室から出ると、自動扉の内側に赤沢が立っているのが見えた。ゆっくりとロビーを見回している。退院時より体重が増えたようだ。健康そうな体格に戻っていた。きらびやかなロビーの明かりの下でも、日に焼けているのがわかる。

「僕は再発しなかった」

手紙の文字が脳裏に浮かんだ。不安を自信に換えた赤沢がそこにいた。寿美子は左手の薬指にある指輪をつまんだ。奇跡は起きない。指の付け根に食い込んでいる。孫の幸福を願って抜けないのか、近づく男を警戒しているのか、祖母の真意はわからない。

赤沢が、クロークの前に立っていた寿美子に気付いた。健康そうな頬がぱっと持ち上がった。紺色のスーツを着ていた。着慣れていないのがひと目でわかる。ネクタイの結び目が少々怪しかった。靴は新調したばかりという気配で、そこだけ妙に光っている。どんな思いで今日にのぞんだか、光る靴の先が教えた。

「お久しぶりです」

先に声が出たのは寿美子の方だった。赤沢が一礼して、顔を上げた。万感を胸に溜《た》めた男の表情に、いたたまれなくなる。赤沢の視線は肩にかけた赤いバッグでとまり、再び寿美子の顔に戻る。微笑みを返すのがやっとだった。

咄嗟《とっさ》に左手を隠した。心を試されているのは、赤沢ではなく寿美子の方だった。満員のエレベーターで、誰かが最上階のボタンを押した。急激に持ち上げられてゆく体からわずかでも焦りが漏れ出さないかと、右横に立つ男の気配を窺《うかが》っていた。

エレベーターのドアが開いて小箱からなだれ出たそのとき、寿美子ははたと立ち止まった。

絆創膏《ばんそうこう》――。

思わず口走ってしまったかと赤沢の顔を見上げた。男の視線は和食処の入り口に向けられたままだ。

「ごめんなさい、ちょっと」

視線で化粧室を示した。

「先に席に着いています」

赤沢がにっこりと笑って暖簾《のれん》をくぐった。出迎えた女将《おかみ》に予約の有無を告げている背を確認して、寿美子は素早く化粧室へと入った。

個室のドアを閉め、急いで赤いバッグの底にある掌《てのひら》大の「救急袋」を取り出した。いつなんどき、自分の前で転んで怪我をする人がいるかもしれない。子供のころからずっと持ち歩き、もう御守りのようになっている巾着袋《きんちゃくぶくろ》だ。祖母の手にあかぎれを見つけたときも、この袋から軟膏《なんこう》を取り出した。洗浄綿と綿棒、傷軟膏、とげ抜き用の毛抜き、そして絆創膏。

一枚取り出し、ぐるりと指輪の上に巻いた。プラチナはまだ透けている。三枚巻いたところでようやく、指輪の輪郭がわからなくなった。胸奥に尖《とが》った痛みが走る。この指輪を見たときの赤沢の気持ちを想像した。

五年前より明らかに老け込んだ女を見ての「がっかり」と、薬指の指輪による「がっかり」の境界線を曖昧《あいまい》にすることで、寿美子自身が救われる。どちらに転んでも、男が傷つくことへの配慮はなかった。

人を好きになるということは、こんなに格好の悪いことだったろうか。古傷が寿美子に教えてくれたことは、なにひとつなかった。

わたし、赤沢さんが好きなんだ――。

湿った思いが胸奥をかすめていった。嬉《うれ》しいという気持ちにはならなかった。

暖簾の内側で女将にコートを渡したあと、詫《わ》びながら窓際の席に腰を下ろした。港の夜景が広がっていた。ちりちりと一直線に並んでいるのは、湾岸道路の街灯だろう。光のない場所と、生活の明かりと、公園のこぢんまりとしたライトアップ、漁が始まった港。繁華街の裏側にある静かな光に、夜が持ち上げられていた。ありがとうございます、と赤沢が言った。つられて寿美子も頭を下げた。

五年前に抗ガン剤治療をしていた男が、メニューを指差して和食のコースを頼んでいた。再び病棟に戻ってくる患者を、変わらぬ態度で看護して、旅立ちを見送ることも多かった。経験を重ねても、いっとき感情を殺す方法が身に付くだけで、人の死に慣れることはなかった。

お飲み物はと問われ、車できていることを告げた。

「僕もです。それじゃあ、お茶をもらいましょう」

女将にメニューを返した赤沢は、酒は発病後一切飲んでいないと言った。

「その前は飲まれていたんですか」

「一生ぶん、ってところですかね。職場でも隠れて飲んでたから、依存というより中毒に近かったかな。だからあんな病気になったんでしょう、たぶん。浦田さんはいける口ですか」

「晩酌にビール一本くらい。健康的にやってます」

左頬に落ちてきた髪を耳にかけた。どうされました、と彼が訊《たず》ねた。左手に視線が向けられていた。薬指の付け根に、絆創膏が三重に巻き付いている。心臓が一度、前後に揺れた。

「ちょっと、仕事中に引っかけてしまって」

彼は寿美子がついた懸命な嘘を信じたようだった。二度浅くうなずき、お茶をすすった。

前菜は水菜と白身魚をごま油の効いたドレッシングで和《あ》えたものだった。気がつくと赤沢より先に食べ終わっている。市民病院時代の名残で、早飯の癖はまだ抜けない。次々に運ばれてくる料理は、地元の魚と貝類、十勝《とかち》牛の和風ステーキと続いた。イクラとウニをのせた五穀米の小鉢が運ばれてくるころには、すっかり満腹になっていた。他愛ない映画の話や冬場のスキー、訓練の失敗談など、赤沢の話題には病を克服した喜びはあっても、勝者の傲慢《ごうまん》や自虐的な言葉はみじんも感じられなかった。

ひと呼吸おいて赤沢は、救急救命士の資格を取るために頑張っている、と言った。

「何かひとつ、打ち込めるものが欲しかったんです。この五年を無駄にしなければ、きっと何か道がひらけると思った。入院前はそんなこと考えもしなかったんですけど。遅いスタートでしたが、なんとか来年には国家試験の受験資格がもらえそうです」

その決意にどんな理由があったのか、訊ねるべきか迷った。迷ったらまず切り捨てることに決めたのは、いつだったろう。寿美子は五穀米の最後のひとくちを、お茶で喉《のど》に流し込んだ。

会計を済ませた赤沢に礼を言い、エレベーターに乗り込んだ。ガラス張りの小箱から見下ろす夜景は、蛍光ビーズのように闇から浮き上がり、夜を沈めていた。

「少し歩きましょう」

五分ほど歩いてふたりが立ち止まったのは、プリンスホテルからほど近い河口にある公園だった。酔客が歩く場所からは外れているので、ライトアップされているが静かな場所だ。先の見えない恋をしていたころを思い出す、苦い場所でもあった。食事のあと酒を飲まない男女が何かを話そうというときはこんな、いかにもロケ現場に使われそうな場所しかない。

フィッシャーマンズワーフの明かりを背にして川面《かわも》を見た。橋や街灯から落ちる光が揺れている。先が見えないときは、無理に見ようとしないことだ。寿美子は赤沢を真似て、岸壁の柵《さく》に両肘《ひじ》をあずけた。右肩にかけた赤いバッグを挟んだすぐ隣に、彼がいる。

「赤沢さん、本当に良かったですねぇ。こうやってお会いできるのは、看護師にとっても幸福なことです。わたしには最高のご褒美です」

赤沢は応《こた》える代わりに寿美子から一歩離れ、深々と頭を下げた。川面に揺れる両岸のライトが、対岸に届きそうなほど光を投げ合っていた。柵から腕を離し、寿美子も彼に向き直った。ぴしりと背を伸ばした男の顔から、先ほどまでの和やかな気配が消えていた。

「ご結婚されていると思わなかったわけじゃありません。退院してからずっと考えていました。自分はもしかしたら看護師としての浦田さんを頼りにしているんじゃないかと。迷いがなかったといったら嘘になります。でもこの五年間、浦田さんが支えだったことは事実です」

ひとりで舞い上がって申しわけなかったと、彼は再び頭を下げた。絆創膏の上から指輪を触った。指に食い込んだプラチナの硬さが、目の前の男の心のように思えてくる。右肩にさげたバッグが肘に滑り落ちた。肩に戻す気力がなくなっていた。

「いつ、気付かれたんですか」

赤沢はロビーに入ってすぐだと答えた。微笑みには力がなかった。寿美子も似たような表情でいるのだろう。お互いに鏡のように相手を映し、川面と同じく揺れながら光と影を撥《は》ね返している。

寿美子はホテルの駐車場に向かって歩き出した。いいじゃないか、半世紀も生きていれば、自分の力ではどうにもならない状況のひとつやふたつあるだろう。

年か――。

胸の内で呟《つぶや》いてみた。もしも自分が赤沢よりひとつでも年下だったならどうだろう。少しは言葉を選び指輪のことを説明したろうか。「違うんです」と指輪が外れなくなったいきさつを告げたろうか。

否、と首を振った。指輪はただのいいわけなのだろう。五十を目前にした女の鎧《よろい》は、そうそう簡単に外れない。そうやって生きてきたし、この鎧が守ってくれた日々に生かされていた。恋なんて、と思った。人を好きになれただけで、赤沢のことが好きとわかっただけで、もう充分じゃないか。泣きたい気持ちをこらえるのを、得意中の得意としてきた。これ以上、なにを望むんだ。胸に溜《た》まり続ける涙を叱りつけた。

線香花火みたいにちりちりと散る、胸の痛みこそが至福だった。この先これほど胸の焦げる思いが訪れるとは考えられなかった。好いた惚《ほ》れたの感情には属さない、沁《し》みるような切なさだ。この心持ちが明日《あした》の自分を動かしてゆく。自分はまた立ち上がる。へこたれたりしない。

車の前まで送ってくれた赤沢に右手を差し出した。ためらいを見せながら、彼もその手を握り返した。体の割に小さな手だった。祖母の言葉が蘇《よみがえ》る。

寿美子が力を抜いたあとも、赤沢の手は緩まなかった。見上げた男の眉間《みけん》にも目元にも、相応の皺《しわ》がある。お互い、ちゃんと年を取っている。四歳離れたままだけれど。

今度は余裕を持って微笑むことができた。どうかしましたか、と問う。もう、右手は彼の手を握り返したりしない。

「なんだか、幸せそうに見えないんです」

駐車場を照らす明かりが、男の頬に前髪の影を作っていた。言葉は少し怒りを含んでいるように聞こえた。幸せそうに見える女が本当に幸せかどうか、確かめたことはない。ただ、鈴音や美和を見ていると、人はどんな現実からでも幸福を掘り当てられるのだと思う。

「五十になろうっていう女が、そんなにへらへら幸せそうだったら、馬鹿みたいじゃないですか。いろいろあるんです、このくらいになると」

「そういうことじゃなく。指輪を隠さなくちゃいけないと思った浦田さんの気持ちが、本当はどこにあるのか、僕は知りたい」

寿美子はきっぱりと言った。

「それは赤沢さんが心配することじゃないと思います」

「あなたのこと、心配しては駄目ですか。この期に及んでみっともないですか」

「何がそんなに心配なんですか」

看護師の浦田寿美子が顔を出す。余裕の微笑みで問うた。駄々をこねた小児病棟の幼児を相手にしているような心持ちだった。思いや勘違いはさっき川岸で断ち切った。そういう夜なのだと深く納得したあとはもう、ぶれない自信があった。立派な看護師病だ。

赤沢は寿美子の問いに答えなかった。ただ、きつく右手を握り放さない。

「わたしは、幸せですよ。みんなに言われます」

唐突に、リンが産んだ子犬をもらおうと思った。

その夜一時間ものあいだ風呂《ふろ》から出ずに、寿美子は泣いた。思う存分泣く場所は、風呂場しかなかった。寿美子は湯船に浸《つ》かり心ゆくまで泣いた。

涙が涸《か》れたせいなのか、長風呂でむくみが取れたせいなのか、指輪は翌朝するりと抜けた。あっけなく終わった恋のようだった。


「さぁ、がんばって。リン、みんなついてるからね」

鈴音が居間の隅にある産箱で伏せているリンに声を掛ける。美和と寿美子も、鈴音の背中を見ながらリンの様子を窺《うかが》っていた。

「そんなに励まされると、やりづらくてしょうがないでしょう。鈴音、こっちでゆっくり見守ってやりなさいよ。犬は安産なんだからさ」

煙草を禁止されて、ときどき外に吸いに行く美和の声も笑っている。このご時世に、禁煙から足を洗ったという。

寿美子は朝から母親が用意した赤飯と煮しめの重箱、マカロニサラダを広げ、テーブルの準備をしていた。すみませんね、と拓郎が言う。同じ場所でいつか誕生日を祝ってもらったことがあった。まだ鈴音の母親、佳乃が生きていたころのことだ。

佳乃から、一度だけ「鈴音を頼む」と頭を下げられたことがある。近所のスーパーで倒れる、一週間前のことだった。

「娘と母親という関係じゃ、どうしても伝えられないことがある」と佳乃は言った。母親というだけで、教師としても反面になりがちな関係を言っているのだとあのときは思った。もしかしたら、自分の死期を予感していたのかもしれないと今は思う。佳乃もまた、祖母に似た賢くてつよい女性だった。寿美子はまだこの家に漂っているかもしれない佳乃の魂に、鈴音を守ってくれるよう祈った。

「あ、生まれる。みんなきて」

鈴音が叫ぶと、その場にいた三人が三人、同時に口に人差し指を立てた。鈴音はそんな周りのことなど構いもせず、こちらに背を向けて産箱の前に正座したままだ。

一週間前にプリンスホテルの駐車場で別れたきり、赤沢から連絡はなかった。寿美子は「ちょっとした不幸を抱える健気《けなげ》な人妻」を演じきった。健気というのはあとから勝手に付け足したが、そのくらいは許される脚色だろう。少しは笑えるようになった、という証《あかし》でもある。

だいたい一週間あれば、と泣きながら思っていた。そのくらい時間があれば浮上できる。経験則だ。赤沢はどうだろうか。似たようなものだろうと思えば間違いはなさそうだ。みんな、通り過ぎてゆく。リンが今抱えているお産の痛みも同じなのだろう。

居間がしんと凪《な》いだ気配に包まれた。短く荒い呼吸を繰り返し、リンは一匹目の子犬を産んだ。深い息をひとつ吐いて舌先で胎盤を破る。みな、新しい命に釘付《くぎづ》けだった。

「あぁ、男の子だ」

母となったリンに舐《な》められながら、ころりとした黒い塊がちいさいあくびをした。どれどれと美和が産箱に近づいてきた。居間全体が、言葉にならない温かいもので包まれていた。リンは「くぅん」と細く鳴いたあと、十分ほどかかって二匹目の子犬を産み落とした。今度はプラチナホワイトのメスだった。

鈴音が「わぁ」と言って喜んでいる。

「白衣の天使みたいだ。浦田さん、この子どう？」

「ありがとうございます。この子にします」

寿美子は産箱の中でリンに舐められている白い子犬を見た。

リンはおよそ一時間かけて、五匹の子犬を産み終えた。三匹目はリンと同じ色のレバーで、残りの二匹はソルト&ペッパーだった。三か月間はリンのもとで育てるが、そのあとはそれぞれの里親のところへ散ってゆく。行き先が決まっていないのは残り一匹となった。

拓郎が台所でお茶を淹《い》れていた。子犬たちはリンの腹に一列になっておっぱいを飲んでいる。疲れたのか、リンも子犬たちに腹をあずけて横たわっていた。

「なんか、ちょっと感動しちゃうね。娘が子供を産むのってこんな感じかな」

拓郎が涙ぐむ鈴音のそばにやってきて、お茶の入ったカップを手渡した。美和は黒い子犬から離れようとしなかった。

「ねぇ、出産祝いしようよ。浦田さんのお母さんのお重、いただこう」

うん、と返事はするのだが美和が立ち上がる気配はない。鈴音が「さっきと逆じゃないの」と笑いながら美和の背を見ていた。

「もうひとり、幸せな人を探さないと」

洟《はな》をかんだ鈴音が歌うように言った。拓郎が、きっと見つかるよと返した。「幸せな人」という言葉の向こうに、赤沢の顔が浮かんで消えた。つと、鈴音の視線がダイニングテーブルの脚にもたせかけた寿美子のバッグでとまった。

「このあいだの赤いバッグ、とても良かったのに。古いのに戻しちゃったんだ」

「もう春ですからね。赤いバッグもなんでしょう」

鈴音はふぅん、とうなずいて赤飯を口に運んだ。寿美子は換えたバッグの底にある、赤沢からの手紙を思いだし目を伏せた。この心情を表現する言葉が思いつかない。

「みっともない」という言葉は、赤沢が使うから格好良く聞こえたのだ。今の寿美子が使うと、本当にみっともないことになりそうだった。

台所を片付け終えたあと、プラチナホワイトの子犬をタオルに包んで抱いてみた。片手にのりそうなくらい小さな命。まだ目も開いていない。口元がリンのおっぱいを探している。子犬を産箱に返した。美和は食事と煙草以外の時間をずっと産箱の前で過ごしている。

「すばる」

美和が囁《ささや》くように何度も子犬の名を呼んでいた。

帰り支度を始めた。空になった重箱とサラダの器を風呂敷《ふろしき》に包む。午後八時になっていた。明日《あした》はまた鈴音の腕に針を刺さねばならない日だった。

「先生、あまり夜更かししないでくださいね。明日またきます」

すぐに美和も滝澤家を出てきた。軽い挨拶《あいさつ》をして病院の駐車場に向かおうとする寿美子を、美和が呼び止めた。

「鈴音、知ってるみたいだよ。赤沢さんのこと」

上手《うま》い返事が思いつかなかった。

「そんな困った顔しないでよ。赤沢さん、もしかしたら約束どおり迎えにきたんじゃないかって、鈴音が言ってる」

美和は寿美子がどんな嘘をついてもすぐに見破るのだろう。彼女はポケットからマールボロの箱を出し、街灯の下で火を点《つ》けた。夜空には、すっきりとした半月が浮かんでいた。

「先生だったら、どうされます？」

「わたしは、浦田さんじゃないし」

 言ったあと美和は長い煙を吐き出した。身も蓋もない返事を笑って聞いた。空に吐き出す煙に向かって、寿美子は一週間前のことをぽつぽつと話した。

「指輪ひとつで諦《あきら》めるような男なら、それはそれでお互い幸せかもよ」

「諦めきれないのは、わたしのほうかもしれません」

「だれもかれも、不器用が美徳だと思ってるんだ」

「器用にすり抜けたつもりだったんですけどねぇ」

「それなら、ちゃんとケリつけなさいよ。年上の女はとかく格好つけたがるもんだけど、四十も半ばを過ぎればどっちもただの中年じゃないの」

　ひとまわりも年下の女に言われているのに、なぜか悪い気はしなかった。鈴音が最も信頼してやまない内科医、これが柿崎美和という人間なのだ。離島へ行く前はこんな風に人に関わってくる医者ではなかった。寿美子はできる限りの愛情を込めて言った。

「先生、少し見ないあいだにずいぶんとお節介になりましたねぇ」

　煙草を器用に指先でもみ消しながら、美和がけらけらと笑っている。月も見事に半分。いい夜だ。

　家に戻り、入るだけになっていた風呂に体を沈めた。立ち話のせいで体が冷えていた。寿美子は湯の中でたゆたう乳房を見下ろした。力ないふたつの丘陵の隙間から、お供え餅《もち》のような真白い腹が見える。ときどきわけのわからない汗をかいたり、憂鬱《ゆううつ》になったり、空を見上げたり地面を睨《にら》んだり、女は本当に忙しい。

百まで数えて湯船を出た。台所で仁王立ちのまま冷えたビールを一気に飲み干し、二階の自室に上がる。体が冷える前に、気持ちが温かいうちにすることがあった。机の引き出しから、再びプラチナの指輪を取り出す。携帯電話の発信履歴から、赤沢を呼んだ。三回、四回、コールが途切れ、男が間の抜けた声で寿美子の名前を呼んだ。

寿美子はゆっくりと息を吸い、祖母の指輪を蛍光灯にかざして言った。

「ごめんなさい、ちょっと相談があったんです」

「僕に相談、ですか」

蛍光灯の下で、プラチナが光った。硬い口調で赤沢が言った。

「どうぞ、何でもおっしゃってください」

寿美子の唇から、こもった笑いが漏れた。

「子犬を飼いませんか。ラッキーカラーの赤じゃなく、白衣の白なんですけれど」

子犬、と語尾を上げたきり赤沢が黙り込んだ。寿美子はどこから説明しようかと考えあぐね、ひとまず「できれば一緒に」と付け足した。赤沢が大きく息を吸い込む気配。さぁ何から説明しよう。何と言ってこの男を手に入れよう。

里親の条件どおり、幸せになる。決めた。
いい夢は、これからだ——。

感傷主義

スナック「ディーバ」のドアを開けた。

レイナのちいさな顔が飛び込んでくる。

「あ、八木さん、いらっしゃぁい」

甘いかすれ声が店内に響く。ここから先は放射線技師の八木浩一じゃない。「ディーバ」の店内は八人座ればいっぱいのカウンターと、壁づたいの長い席、円いちいさなテーブルが三つ。照明はカウンターの内側と店の半分を占領しているグランドピアノに注がれている。カウンター席は曜日ごとに常連客の指定席になっており、ピアノの隣は「S席」と呼ばれていた。

八木がいちばん客だった。金曜の夜はいつもそうだ。あと一時間もすればバーテンダーのキンちゃんがやってきて、ぽつぽつと客も入ってくる。この時間が唯一、レイナとふたりきりになれるひとときだった。

十七のときに鳴り物入りで東京へでた米倉《よねくら》レイナが、事務所との契約を更新できずひっそりと故郷に戻ったのが二十三歳。デビューシングル『セプテンバーバタフライ』は彼女の宣伝にかけたぶんを回収できず、二曲目のシングルは更に売り上げが伸びなかった。レイナは地元に戻ってきてすぐに代議士の息子と結婚したが、二年で別れ、スナック「ディーバ」を開店した。八木は開店時からの常連客だ。

「今夜はこれ、歌っちゃおう」

デビュー曲をボサノバ風にアレンジして歌うレイナの顔が、磨き込まれたピアノに映る。まっすぐに彼女を見るとき、すべての内臓がひとまわり大きくなったような気がする。

尋常じゃない。いい年をして。わかっている。

レイナを前にすると、八木の胸の内側はいつも、掛け合い漫才のようにぼけたり突っ込んだりを繰り返した。

歌い終えたレイナがカウンターに戻り、八木の顔をのぞき込んだ。

「なんだか、久しぶりに歌ったら、いろんなこと思いだしちゃった」

「いろんなことって？」

「東京でのこと、いろいろ」

グラスにハーパーを注ぐレイナを見上げた。唇をアヒルのように突き出したレイナと目が合った。どう返していいかわからず、曖昧《あいまい》に笑った。八木はいつからか彼女の前で「オトナ」の役どころに落ち着いていた。東京時代のあれこれを訊《たず》ねない男が「ディーバ」の常連であることが、珍しかったせいもある。八木はレイナに、自分が長年のファンであることを告げていなかった。

レイナの顔が近づいてきた。囁《ささや》くような声で彼女が言った。

「また、出てこないかって言われてるの」

「どこに？」

一拍おいて「東京」という答えが返ってきた。

オトナの男はこんなとき何と言うんだ――。

思いが追いつかなかった。レイナが自分も一杯飲んでいいかと訊ねた。小刻みにうなずく。彼女の薄い水割りと乾杯した。

ねぇ、とレイナが更に声を潜めた。

「明日《あした》ゆっくり相談したいんだけど、時間もらえる？」

甘い声が八木の頰に降りかかる。「ディーバ」に通うようになってから、最も米倉レイナに近い場所にいる。骨が砕けて内臓が破裂しそうだ。

「明日は、午後からなら大丈夫」

土曜の十時、柿崎美和から滝澤医院に呼ばれていた。苦い記憶が胃を持ち上げる。

「午前中はなにかあるの？」

レイナの問いに半分仕事と答えた。

「じゃ、午後二時に『ジス・イズ』で」

バーテンダーのキンちゃんが店にやってきても気づかぬほど、レイナの声が耳奥でこだましていた。夢見心地でハーパーのロックを頼んだ八木に、キンちゃんが氷を割りながら訊ねる。

「何かいいことあったんですか」

細面のなよっとした気配は色黒の八木とは対照的だ。女性客のなかには彼が目的でやってくる人間も多い。

「いや、べつにそんなことはないけど」

ほろ酔いの八木の目には、キンちゃんの白くて細い指先もレイナのものに見えた。

「今のところ、こんな感じ」

柿崎美和がシャウカステンに三枚の画像を挟みこんだ。八木は患者用の椅子に腰掛けて、食い入るようにそれを見た。大腸から肝臓に転移した悪性腫瘍《しゅよう》は、明らかに萎《い》縮《しゅく》していた。

「どう？　自慢するために呼んだんだから、少しは反応しなさいよ」

「言葉もない。本物かどうか、疑ってる」

美和が鼻で笑って煙草をくわえた。さすがに診察室では火を点《つ》けない。机の上に放ったマールボロの箱に、デザインを大きく損なう文字で「喫煙は、あなたにとって脳卒中の危険性を高めます」と書かれている。八木が知る限り美和は、高校時代にはすでに煙草を吸っていた。制服から煙草のにおいを漂わせ、授業中は平気で居眠りをする。それでも美和は道東でいちばんといわれたK高校理数科で鈴音とトップを争い続けていた。

「本物だよ。間違いなく。これは鈴音の肝臓」

土曜の午前十時半。ジーンズとTシャツ姿の美和と、アルマーニの夏物ジャケットを手にした八木が向かい合っていた。案の定美和は「これからどこか行くのか」と訊ねてきた。

「お前には関係ないだろう」

「ないよ、全然。でも人に会う約束でもあるなら、あんまりお引き留めもできないなと思っただけ」

午後からはレイナとの約束がある。八木は診察室をぐるりと見回した。

「いい病院だよな。個人にしては設備が揃いすぎてるくらいだ」

八木が離島から戻った美和に会ったのは、今回が二度目だ。前回は鈴音の治療方針を相談されたときだ。柿崎美和が思い詰めた顔をしているのを見たのは、あのときが初めてだった。

八木は市民病院の放射線科で、自分が撮った画像を見たとき「もうだめだ」と思った。上がった写真を袋に入れる前から、内科医が何を言うかが想像できた。肝転移が見られる大腸癌四期。三十代でそんな状態の人間が、一年保《も》つとは思えなかった。何より自分が鈴音の病巣写真を撮ることになるとは、想像もしていなかった。絶望的な気持ちで内科診察室にそれを届けた。何度も何度も名前を見直したが、その肝臓は滝澤鈴音のものに間違いなかった。

「治すって簡単に言うけど、お前、本気なのか」

それ以上の言葉が思い浮かばなかった。美和は緩和ケアを希望していた鈴音を説得して、一か八かの賭《か》けに出た。

「わたしは一度も冗談を言ったことはないはずだけど」

並べられた三枚の写真の前では、自分の無力に対する苛立《いらだ》ちも、簡単に鈴音の半年後を想像してしまった後ろめたさも、なにもかもが薄れてしまう。八木の口から、正直な言葉が漏れた。

「もしかして鈴音は、助かるのか」

美和が真顔で「助ける」と答えた。

「半月に一度、遺伝子研究の加賀見《かがみ》教授のところでレクチャー受けてる。本当は体のあちこちが痛むはずなんだけど、鈴音はひとことも痛いって言わない。毎日亭主と一緒に犬の散歩をしながらへらへら笑って暮らしてる」

離島への赴任といった左遷人事のあとは俗世を離れて島の医者になる者が多いなか、美和は帰ってきた。ただ、離島から舞い戻った彼女には常に悪い噂がつきまとった。

学生時代から男にだらしなく、大酒飲み。百人斬り。市民病院では美和に関する噂は途切れることがない。ひとつ終わればすぐにまたひとつ。そして最近も、島で流感の患者を死なせたというものから、できもしない外科手術をして訴えられたなど、すべて噂の域ではあったがいい話は聞いたことがない。

八木は小学校も中学校も、学年で一番の成績だった。伸びに伸びた天狗《てんぐ》の鼻先をぽっきりと折られたのはK高校に入学してから。K高理数科は八木程度の生徒がごろごろいる精鋭クラスだった。道東管内各地から「できる生徒」ばかりが集まった場所では、八木もごく普通の高校生だった。それも、気を抜くとすぐにどん尻《じり》に落ちてしまう程度の。

受験を間近に控えた日、医学部志望の者ばかりが別室に呼ばれた。

「H大希望の三人のうち、確実といえるのは柿崎と滝澤だけだ」

八木は浪人覚悟か別の選択を迫られた。実家には私大を選んだり浪人ができるだけの経済力はなかった。

その日の放課後、鈴音の提案で三人で一緒にお茶でも飲もうということになった。

雪が降り出しそうな重たい空の、色まではっきりと覚えている。鈴音が紹介してくれたのが、栄町公園のそばにある「ジス・イズ」だった。

普段なら「あんたたちだけでどうぞ」というはずの美和も、あの日だけはなぜか鈴音の言葉に従って、寒い道をぽつぽつと歩きながらついてきた。

生まれて初めて大音量のジャズを聴き、苦くて濃いコーヒーを飲んだ。崖《がけ》の絵がかかる壁にあたったライト。窓のないジャズ喫茶のボックス席で、鈴音はまっすぐな瞳《ひとみ》で八木に言った。

「ねぇ八木君、いつか同じところで働こう。三人で、白衣で再会しよう。それが今のわたしの目標」

それまでただのライバルだった女ふたりを前に、八木の当惑は頂点に達していた。あの日美和は鈴音の横顔を醒《さ》めた目で見ていた。鈴音は瞳同様、こちらがいたたまれなくなるほどまっすぐに八木を励ました。嫌じゃなかった。彼女の言葉には、ひとかけらの優越感もなかった。

進路を一緒に考えようと見つめられると、何も言えなくなった。八木が何の根拠もないまま うなずくころ、ぽつりと美和が言った。

「放射線技師って、ありだと思うけど。わたしも今回H大が駄目だったらそっちに進もうと思ってる」

鈴音は美和と八木を交互に見て「それ、いいかも」と言った。

「柿崎がそう言うのなら」と思わせる妙な説得力があった。美和の母親が医療過誤で死んでいる、と知ったのはずいぶん後になってからだった。

それまで教室でもどこでも、鈴音と美和が仲良しという印象はなかった。誰もが個人行動をとり、群れない精鋭クラスだったのだ。全員が敵なのだから仕方ない。おそらく誰も、このふたりに通じ合うものを見たことがなかっただろう。担任教師にもわからなかったのではないか。

「じゃあ、わたしたちは八木君のいる病院に入る」

鈴音の目が、まっすぐで、澄んでいて、愛《いと》しかった。

「鈴音に会うのが怖い？」

八木は答えず、一張羅のジャケットを手に取った。放射線科で肝臓の写真を撮ってから、八木は一度も鈴音に会っていなかった。

最新のワクチンが効いているのは画像からもあきらかだが、そのぶん患者の体には相当の負担がかかっている。病巣をたたきつぶすには、自分の体力も使わねばならない。内臓の写真ほど元気に見えない鈴音に会うのが怖かった。なにより会ったときに浮かべてしまう自分の表情に自信が持てない。「会ってやりゃあいいじゃないの」と言う美和の声が、聞いたこともないほど穏やかだったのがいけなかった。八木は椅子から腰をあげた。

「俺に指図すんなよ」

「鈴音が会いたがってるんだってば。子犬の里親、もう八木に決めてるみたいだし」

「だから、俺はひとり暮らしだし、毎日散歩もできないし、犬なんか飼わないって言ってるだろう」

「鈴音は、あんたがひとり暮らしで毎日散歩もしない男だからこそ飼わせたいんでしょうよ」

「よろしく言っておいてくれないか」

「子犬はどうすんの」

「飼わない。誰か他をあたってくれ」

「あんたまさか、犬が形見になったら嫌だとか、そういうこと考えてるわけ？」

美和も椅子から立ち上がった。悔しいことに八木より額ひとつぶん目の位置が高い。

「違う。本当に、自分のことも面倒みきれなくて困ってるんだ」

「まぁた、女とすったもんだしてるんだ」

美和が机の上のマールボロをつまみ上げた。この話はこれで打ち切りだ。

「お前が先に血管詰まらせちゃ世話ねぇだろう。笑い話にもならん。少しは考えろ」

背を向けた八木に、美和が言った。

「鈴音はわたしよりもあんたよりも長生きする。わたしがさせる」

一時間後、八木は「ジス・イズ」のカウンターにいた。いつもは苦いコーヒーが、今日は薄く感じられる。鈴音がもしも自分より長生きしてくれるなら、そんなことが本当に可能なら、美和に土下座してもいい。

「ジス・イズ」ではタンスほども大きなスピーカーが二十年以上変わらない場所にある。「Fly me to the moon」が流れてきた。マスターが八木を見てにっこりと笑う。とっくに六十をこえているはずだが、とてもそんな風には見えない。

「これ、誰が歌ってるの？」

マスターは気持ちよさそうに「ジュリー・ロンドン」と答えた。古いレコードのノイズも心地よかった。声がレイナに似ている。彼女のほうがもう少し甘い響きかもしれない。

「いいね、なんだか」

ジュリー・ロンドンの「Fly me to the moon」は、シナトラよりナット・キング・コールより軽やかだった。

鈴音の面影とレイナのはにかんだ顔が遠くなったり近くなったりを繰り返し、八木の胸奥で蛇腹のように伸び縮みしている。

「今日の八木君、彼女待ちかなと思ってさ」

マスターが軽くウインクする。八木はうつむき、笑った。

「いらっしゃいませ」

マスターが戸口に向かって言うと、ついたての向こうからレイナが現れた。

「待たせちゃった？」訊《たず》ねる声がジュリー・ロンドンのそれと重なる。頬がだらしなく緩むのを感じながら、ちいさく首を横に振る。

「ジス・イズ」のカウンターに座る客には、メニューを言わなくても濃いブレンドがでてくる。マスターが八木の二杯目とレイナのぶんの豆を挽《ひ》き始めた。

「面倒なこと頼んじゃって、ごめんなさい。昨夜ひと晩考えたんだけど、たぶんわたし、八木さんに背中を押してもらいたいんだと思うの」

「相談するころには、結論がでてるんだよ。誰でもそうなんじゃないか」

だから、と胸の内で自分の声がこだまする。だから、鈴音の治療方針だって、俺に相談する前にはもう決められていたんだ——。

美和に呼び出され、初めて滝澤医院を訪ねた日のことを思いだしていた。

「鈴音の治療方針を決めるのに、どうして医者じゃなく俺に相談するんだ」

荒《すさ》んだ目をした美和は、八木を半分睨《にら》みつけながら言った。

「自分じゃなにもできないくせに、知識だけはあって、滝澤鈴音のことを最優先に考えられる人間だから」

「これが賭《か》けだってこと、わかってんだろうな」

「わたしは、負ける賭けなんかしない」

「じゃあ、どうして俺に相談する」

「八木だから」

背中を押してほしかっただけなのだと、ようやく気づいた。せっかくレイナが横に座っているというのに、気持ちは半分滝澤医院に置き忘れてきたようだった。美和を支えてこなかった一年を心の底から悔いた。

たっぷりと時間をかけて、マスターがジス・イズブレンドを淹《い》れてくれた。大音量のジュリー・ロンドンと、その曲を口ずさむレイナと、なによりコーヒーを待つ時間がいけなかった。八木はレイナが持つまっすぐな瞳が十八のころの鈴音に似ていたことに気づいてしまった。淡々とコーヒーを飲んでいると、自分だけがこの場所に取り残されるような心細さに満ちてゆく。

「八木さん」

曲の合間、レイナが語尾を上げた。ほどよくあきらめが張りついた今なら、顔を見られてもかまわない。素直に首を横に向けた。レイナは嫌になるほどのアイドルスマイルで言った。

「今日は車ですか？」

「うん。午前中ちょっと川向こうに行く用事があったもんだから」

「これから、なにか用事あります？」

「いや、なにもないよ」

店に出るまでまだ時間があるのだ、という。

よかったら――。

「ドライブに連れてってくれませんか」

心臓が倍に膨らんだ。瞬間、八木は「俺は馬鹿だ」と思った。この期に及んでまだなにか期待している。鈴音に似た元アイドルに、だ。とっくに東京に向かって走り出しているレイナに、髪一本でも触れるチャンスがあるかもしれない。飼い慣らした習性が八木の眉間《みけん》に皺《しわ》を作った。オトナの男は、こうじゃなくちゃ――。単なる見栄《みえ》だ。

薄笑いする美和の顔が浮かんだ。八木は自分に向かってあらん限りの罵倒《ばとう》を繰り返しながら、それをおくびにも出さず微笑んだ。

「いいよ、どこに行きたい？」

「湿原展望台」

海でもホテルでもなかった。朝からガソリンスタンドへ行き、車内清掃とボディのワックスがけまでオーダーしたことも、無駄にはならないようだ。八木はできるだけレイナに鈴音の面影を重ねないよう、助手席を見ないようにしてハンドルを握った。

午後四時。太陽が沈み始めた九月の街なみを、遠くに見ていた。レイナは清々《すがすが》しい顔で深呼吸している。見下ろした湿原には人の背丈ほどもある葦《あし》が生い茂っている。湿原も、上から眺めている限りは陽光で色を変える絨毯《じゅうたん》だった。

レイナが丸太を模した柵《さく》から身を乗り出した。

「危ないよ」

アイドルスマイルのまま振り向き、レイナが言った。

「わたし、五歳のときから歌手になろうって決めてたんです。八木さんは、ちっちゃいころからお医者さんになろうと思ってたんですか」

「僕は医者じゃないよ。ただの放射線技師。言ってなかったっけ」

「わたし、市民病院にお勤めだってことしか。てっきりお医者さんだとばかり」

申しわけなさそうに身を縮めるレイナを見て、ほっとしている。鈴音はこんなふうに謝罪の気持ちを表したりはしない。目の前の女は鈴音じゃない。

「医者になろうと思って勉強してたんだけどね。成績が足りなかった」

「あきらめちゃったんですか」

「僕くらいの人間なんか、掃いて捨てるほどいるってことを思い知らされちゃったんだな。うちのクラスからは現役で国立の医学部に合格したのが三人いたけど、そのうちふたりは女だったよ」

進路を変えて、放射線技師を目指した八木は、大学に入ってから「人が変わった」と言われた。驚く周囲には、最初から自分はどうしようもない女好きだった、ちっとも変わってなどいないと笑って応《こた》えた。

身長が平均より十センチ足りなくても、女には不自由しなかった。十八で一度挫折《ざせつ》している男の「あきらめた気配」は、同じ年頃の「自立する女」を目指す彼女たちにうけがよかった。

勤める病院は、より大きくなければいけない。勉強しているところは誰にも見せなかった。他人より遊んでいると見せかけながら、軽々と試験を突破してゆく。振り返ればあの四年間は、高校時代に見た柿崎美和そのものではなかったか。

市民病院に勤めだした当時、八木の女遊びはピークを迎えた。週末はパンツを穿《は》かない男などと呼ばれても、鼻で笑っていた。寄ってくるナースも、独特の嗅覚《きゅうかく》で八木の後腐れのなさをわかっているようだった。危ない女はすぐわかる。それも四年間で学んだことのひとつだった。

女に不自由することのない生活は、多少のわずらわしさを我慢すればおおむね快適。

ただ、それも滝澤鈴音と柿崎美和が宣言どおり市民病院にやってくるまでのことだった。

「八木君、約束守ったよ」

無邪気に笑う鈴音の横に、相変わらず何を考えているのかわからない美和が立っていた。内科医と放射線技師。とうの昔に道は分かれていた。鈴音は八木との再会に大喜びだった。美和が片眉《まゆ》を上げて「つき合ってやれ」と顎《あご》を動かした。夢をあきらめさえしなければ、あんなにみじめな気持ちで再会することもなかった。八木の歪《ゆが》んだ心根に気づいていたのは、美和だけだったろう。

白衣姿の鈴音と美和を目にすることで、八木は再び敗北感を味わった。急に、女遊びも色あせてしまった。

八木が「ディーバ」に通い始めたころ、鈴音はハウスメーカーの営業マンと結婚が決まった。市民病院を辞めて、父親が遺《のこ》した個人病院を建て替えて開業するという。内科病棟は若い内科医の一歩を冷ややかに見ていた。予想外だったのは、内科病棟の神様といわれた看護師長の浦田寿美子を連れて行ったことだ。美和と鈴音、市民病院はひとときふたりの噂話が吹き荒れた。

その鈴音が、一年前、病に倒れた。

医療関係でもなんでもなかった夫との暮らしが周囲の予想どおり破綻《はたん》したとき、八木は心から喜んだ自分を嫌悪した。再び一緒に暮らしているという美和の言葉に、まだ心の揺れを止められないでいる。だから、会えない。まだ会えない。

「八木さん、どうかしたの？」

目の前にいるのがレイナなのか鈴音なのか、一瞬かすんだ。デビューしたての米倉レイナ。ひたむきな目が「ジス・イズ」で八木を励ましたときの鈴音に似ていた。

「いや、ちょっと友達のことを思いだして。今、大きな病気と闘ってるんだ。高校時代からすごく憧《あこが》れてた人だった」

「つき合ってたんですか」

首を横に振った。

「なかなかね、好きな人に好きとは言えない性分なんだ」

レイナが「うそ」といたずらっぽく笑う。嘘じゃない。海側へ落ちてゆく太陽が湿原を真っ赤に染めていた。これが見たかったの、とレイナが言った。

「初めて東京に行くとき、飛行機からこんな夕日が見えたんです。絶対にデビューして、ヒットを飛ばして戻ってくるって誓ったの。十七のとき」

球体が陸にあるなにもかもを赤くして、燃えていた。八木が、どんなにあがいても泣いても笑っても、自分には届かない未来があることを知ったのは十八のときだった。

「今回上京したとしても、またステージに戻れるなんて、信じてないんです。ただ、流されてる毎日にちょっと穴が空いたら、少し幸せかなって思って」

「不幸なの?」

レイナが首を横に振る。頬も目も唇も、なにもかも赤い。八木は流されてゆくレイナの心に穴が空かないことを祈った。元のマネージャーが会社を変わって、アニメソングのトリビュートアルバムの制作に関わっているのだという。上京は、アルバム中の一曲を歌ってみないか、という誘いだった。

「なにを歌うと思います?」

「ごめん、アニソンには詳しくないんだ」

「ひみつのアッコちゃん。名前くらいは知ってるでしょ」

レイナがまっすぐに八木を見上げていた。テレビで見ていたころは、こんなに華奢《きゃしゃ》な娘には見えなかった。

「八木さんの憧れの人、良くなるといいですね」

レイナの体が彼女の肩幅のぶん近づいた。息がかかりそうな距離に、今は喜ぶことができなかった。心がレイナのかたちになって八木の弱さを試しているのだと思った。

「お店、開けなくちゃいけないね。そろそろ戻ろうか」

「今日は遅くなるって、キンちゃんに言ってあるから」

太陽が半分海に隠れた。「ディーバ」に通うオトナの八木浩一になって、「ママが行かなきゃお客さんがさびしがるでしょう」と笑って言えば済むことだった。太陽が水平線に真っ赤な帯を作るまで、海を見ていた。

　ひとつふたつ、湿原の上空に星が瞬いていた。駐車場から二台三台と車が出てゆく。レイナが先に車に戻ってゆく。星の数が三つから五つに増えるまで、八木は車に戻らなかった。五つから先は、無数の星が湿原に光を落とし始めた。辺りが暗くなりようやく、水平線にあった赤い帯が解けた。展望台の駐車場を出た。

　街灯が続く幹線道路を過ぎて川を越える。左手にホテル街があった。八木は橋を渡りきったところで左にハンドルを切った。

「ここと向こう、どっちがいい？」

　いつもどおりの台詞《せりふ》がでてきたことに、ほっとした。レイナはネオンを見上げて「向こう」と応えた。信じられないほど高揚しなかった。湿っぽい思いだけが胸の底に降り積もってゆく。

　なんの装飾もない、男のひとり住まいのような部屋だった。ベッドがいちばん大きな顔をしている。そのぶん風呂《ふろ》にスペースを割いていた。ガラスボウルを大きくしたような浴槽には、湯を入れると薔薇《ばら》の花びらが浮かんでくる仕掛けが施されていた。

　レイナは素直に花びらに喜んでいた。

　ベッドの上に放ったジャケットを、レイナが壁のハンガーに掛けた。

「アルマーニだったんだ」

タグを見なければ気づかれないくらい、この身に馴染《なじ》んでいたと思うことにした。

手順を踏んで、レイナと肌を合わせた。

「東京に行くこと、キンちゃんが反対するの」

体も心もちゃんと持ち上がった。レイナはベッドの上でもいい声だった。ただ、体を沈めるときだけほんのわずか躊躇《ちゅうちょ》した。顔を隠したレイナの手首に、いつか八木が誕生日プレゼントにと贈ったブレスレットが光っていた。

最後まで、八木は心を崩さなかった。

翌週、八木は「ディーバ」に行かなかった。レイナを店に送った翌日、数年ぶりの風邪をひいたことも理由のひとつ。けれど、金曜の夕方に美和から呼び出されたとき、レイナと会わずに済む理由ができたことに安堵《あんど》していた。駆け引きとか羞恥《しゅうち》とか、そういった類《たぐい》のものではなかった。この心もちを深く掘り下げれば、想像もしていない濁り水があふれ出て、これから先の自分を長く悩ませるに違いない。

「夏風邪ひいてた？　治ったなら晩ご飯でもつき合いなさいよ」

美和の誘いはほとんど命令だった。夏風邪ひくやつは馬鹿だと笑っている。何が食べたいと訊《き》くので、どっちの奢《おご》りか確かめた。

「八木が出すに決まってるでしょう。割り勘にするとかえって高くつくんだから。あんたを誘って酒の一杯も飲もうっていう日なんだから、素直に奢りなさいよ」

「呼び出しておいて、それかよ」

ため息をつけば「厄払い」と返す。結局、ホルモン焼きと焼酎《しょうちゅう》の店を選んだのは美和だった。午後七時には、もうもうと煙を浴びながら、「ホルモン・ヤン」のボックスで、ジョッキの酎ハイを一気に飲み干していた。ふたりとも、ものも言わず二杯、ジョッキを空ける。病み上がりの酒にぐらりと揺れながら、美和とふたりで酒を飲むのが初めてだったことに気づいた。

「こんなメニュー、お前じゃないと思いつかないだろうな」

「どういう意味？」

色気のない会話は、ありがたいけれど酔いが速い。思わず「助かったよ」と口にしていた。それには応《こた》えず、美和は煙の向こうでホルモンをつついてはひっくり返していた。

焼酎とホルモンで胃が膨れあがるころ、ようやく美和が晩飯を誘った理由を口にした。

「鈴音の治療、次の段階《ステージ》に入る」

ジョッキを持つ手が止まった。あぁ、と八木のため息が音になって煙を揺らした。

美和はマールボロの箱を取り出し、すぐに火を点《つ》けた。深く吸い込み、吐き出すと満足そうににやりと笑った。うまい言葉が浮かばなかった。美和自身も、八木にありきたりな言葉を求めてなどいないだろう。ただ、鈴音の体が未知の治療に耐えたことを、今は喜びたいのだ。おそらく八木が美和の立場だったなら、有無を言わせずつき合わせ、延々と自分の働きを自慢し続けるに違いない。美和がそれをしないのは、ここから先の治療と自分の見立てに確たる自信があるからだ。

八木はジョッキに残っていた酎ハイを飲み干した。

「すんません、濃いめでもう二杯」

通りかかった店員が「コイチューツーオーダー」と声を張り上げた。

長く胸に溜まっていた疑問が口をついて出た。

「お前、加良古路島でなにがあった」

美和は眉《まゆ》を少し上げただけで、煙草を吸い続けている。もうほとんど炭になってしまったホルモンの切れ端からも、煙がたちのぼっていた。今夜は医師と技師ではない、八木は鈴音を挟んだ対等の人間になって美和の前にいる。

「俺のところに流れてくる噂は、あいかわらずひどいもんばかりだ。お前がいいわけする場所も時間も与えられてないのをいいことに、耳を疑うような話が入ってくる」

「たとえば?」

挑発的な笑顔で美和が言った。たとえ申し開きする場所を与えられても、この女はひとこともいいわけなどせず、笑っているのだろう。八木は自分の耳に入ってきた噂のなかから、とりわけ長く尾を引いているものを挙げた。

「安楽死事件を起こした医者が、島でまたひとり殺して戻ってきた。そういう噂だ」

美和は黙ってマールボロに火を点けた。立派なチェーンスモーカーだ。

「コイチュー、お待たせしました」

店員がジョッキを置いて去ったあと、美和が声を出して笑い始めた。

「コイチューだって」

今度は八木が応えなかった。美和の指先で伸び続ける煙草の灰をじっと見ている。

四杯目の焼酎は、今までの何倍も濃かった。

「噂じゃないかもよ」

煙草をもみ消しジョッキを持ち上げ、美和が言う。無表情の向こう側になにがあるのかわからなかった。炭になったホルモンからはもう、煙もでないようだ。

市民病院時代、安楽死が表面化した際、八木は美和に向かって怒鳴った。

俺はお前を医者だなんて認めないからな——。

今、美和が見せている顔は、あのときそっくりだった。

脳裏を過去の自分や今の美和や、想像のなかで痩《や》せ続けている鈴音が通り過ぎる。

そのくせ「ディーバー」のS席に、今夜はいったい誰が座っているのだろうと考えてもいた。

「濃いね、ホントに。水代わりに頼んでたのに、これじゃあ酔っぱらっちゃうよ」

「俺はもう、酔っぱらってる」

金曜の夜、店内はホルモンのにおいと喧噪《けんそう》でいっぱいだ。これ以上沈黙が続いたら、酔いで倒れてしまいそうだ。なぁ、と顔を上げた。美和が涼しげな表情で八木を見ていた。

「鈴音の亭主って、どんなやつなんだ」

とても祝う気持ちになれず、披露宴の出欠確認はがきは欠席に丸をつけた。鈴音がどんな男を選んだのか、この目で確かめるのが怖かった。

「別に、普通の男だと思うけど」

「普通ってなんだよ。お前らしくもない言葉でごまかすな。普通って、いったいなにが普通なんだよ」

「八木ぃ、今度はからみ酒か。鈴音の亭主はあんたよりできた男だとでも言えば満足？　鈴音が病気を理由に復縁を迫るくらい好きな男だったって言えばいいの？」

いいかげんにあきらめろと美和が言った。あきらめているに決まっているだろうと返す。二度、三度と同じ台詞《せりふ》を繰り返した。

「なぁ、なんでもう一度その男だったんだ」

「自分で確かめりゃいいじゃないの」

「ホルモン・ヤン」をでたあと、美和はしっかりした足取りで大通りを駅に向かった。八木がぐらつくと美和の肘《ひじ》が容赦なく脇腹に入る。栄町公園を突っ切った。開けたドアから大音量のジャズが飛び出してきた。

そこが「ジス・イズ」だと気づき、急激に酔いが遠のく。美和が座ったのは、二十年前に鈴音がストレートに八木を励ましたボックス席だった。

放射線技師って、ありだと思うけど――。

あの日美和が言ったひとことが、八木を救った。

八木君、約束守ったよ――。

鈴音のまっすぐな瞳《ひとみ》に応えることができなかった。

マスターが、水の入ったグラスを持ってボックス席の横に立っていた。グラスを置きながら、ふたりの顔を見比べている。

「美和ちゃんも八木君も、こうやってみると、立派な大人になっちゃって。僕も年取っちゃうわけだなぁ」

美和があれからも「ジス・イズ」に顔を出していることを初めて知った。マスターは、鈴音のことには触れなかった。悪い話も入ってきているだろうが、おそらく美和に確かめなくてもいいくらいに、治療の甲斐《かい》も知っているのだろう。

なにもかも、ここから始まった——。

八木は、ここ、と音にせずつぶやいた。This is——。

急激に酔いが回ってきた。大音量の、なんだったろうこの曲は。いくら考えても思いだせず、目を瞑《つむ》った。遠くで美和の「八木って、酒、弱かったんだなぁ」という声が聞こえた。そんなことより、この曲の名前だ。ようやくバーブラ・ストライサンドの「The way we were」だったと思ったとき、それじゃああまりにも感傷的すぎやしないかと笑った。

記憶が残っているのはそこまでだった。


「八木？ いるよ。昨夜飲んだくれて、自分の部屋も説明できなくて、仕方なくここに転がしてある」

美和の声で目覚めた。真っ黒い犬が八木の鼻を舐《な》めそうな場所でつやつやと光る瞳をこちらに向けていた。ワン、ともガウ、ともつかない吠《ほ》え声に頭の芯《しん》が痛んだ。

「あ、起きた起きた。じゃ、またあとで」

美和は、冷えたスポーツ飲料を冷蔵庫から出して、こちらに放った。ぎりぎり受け取った腕がひどく重い。体の節々も痛い。五百ミリリットル入りのペットボトルを一気に半分飲んだ。

「弱い上に病み上がりで、酒なんか飲むから」

美和は換気扇の下で煙草を一本吸い終わったあと、子犬に向かって声を掛けた。

「すばる、散歩にいくよ」

子犬は八木の横でくるくると二回まわったあと、しっかりとお座りをして「ワン」と返した。

「すげぇ、ちゃんと言うことわかるんだ」

「八木のところのは、いかにもシュナウザーって感じのメスだよ」

「俺、ひとことも飼うなんて言ってないだろう。悪い冗談はよしてくれ」

「昨夜約束したの、覚えてないの」

「勝手に話を作るな。俺はそんなこと言ってない」

美和はすばるの首輪にリードを付けながら、昨夜の八木の言動を説明し始めた。

「あんたね、昨夜『ジス・イズ』で『鈴音が助かるなら何でもする』って泣きながらわたしに頭を下げたの。それも、マスターが抱き起こさなかったら、土下座しそうな勢いで。そんじゃあ子犬をもらってやりなよって言ったら、子犬でもパンダでもなんでももらう、これからすぐにもらいに行くって言ったんだよ」

パンダはあきらかにねつ造だろう。リードを付けられたすばるが美和を散歩に急《せ》き立てている。美和は台所の横の洗面室を指差した。

「風呂場《ふろば》はあっち。洗濯機の上にバスタオルと歯ブラシと、袖《そで》を通してないTシャツがおいてある。アルマーニじゃなくユニクロで悪いんだけど。目の腫《は》れがおさまったら、階下《した》に行くよ。鈴音の亭主が昼ご飯を用意してくれるって。ようやく最後の子犬のもらい手が現れるってんで、仕事休んだらしいよ。休日の散歩は小一時間かけるから、そのあいだにシャワーを浴びてこざっぱりしておきな」

美和はにやりと笑ったあと、すばるに引っ張られながら部屋から出ていった。

立ち上がり、窓の外を見た。広めにとった駐車場の向こうに、滝澤医院がある。階下に鈴音とその夫がいると思うと、どうしようもない自己嫌悪に包まれた。

スポーツ飲料を飲み干しても、まだ喉《のど》の渇きはおさまらなかった。台所に立ち、伏せてあったカップで水を飲む。リビングがすべて見える、オープンキッチンだ。料理をしているようには見えなかった。食パンとインスタントコーヒーの瓶、バナナの房があるきりの台所。冷蔵庫の中は見なくてもわかる。八木とそう違わないだろう。

ひとり暮らしには広すぎる部屋だった。家具らしいものはほとんどない。安っぽいラグが敷かれたほかは、犬のケージひとつ。テレビもオーディオもない部屋で、美和がいったいどんな暮らしをしているのか想像できなかった。リビングの隅に段ボール箱が三つ並んでいる。どれも蓋《ふた》が半開きだ。段ボールの上に、中身のないユニクロのパッケージがある。美和は、おそらくあの箱をタンス代わりに使っている。

言われたとおりシャワーを浴び、ホルモンくさいシャツをビニール袋に詰めた。頭痛もおさまりひと息ついたころ、美和とすばるが帰ってきた。

「まだ目が赤いな。まぁ、そのくらい回復していれば大丈夫か」

腕の時計は十一時半を指している。美和は「それじゃあ行こうか」と言って人差し指を下に向けた。

「よかった。八木君がもらってくれなかったら、わたしが自分で育てようと思ってたんだ」

横から美和が「どうしても欲しくなったそうだよ」と口を出す。久しぶりに見た鈴音は、思ったとおりひどく痩せていた。けれど、瞳には高校時代の光が戻っている。にこにこと笑いながら横にいる男を夫の「拓郎ちゃん」と紹介した。八木は向こうが頭を下げるより先に腰を折った。拓郎ちゃんは、穏やかな表情の、美和が言ったとおり見かけは「普通の男」だった。

「鈴音と美和さんからお話を伺っていました。お会いできてよかった」

物腰の柔らかさはハウスメーカーの営業で培ったものだろうか。すっぽりと鈴音を包むような気配が漂ってくるのは、薄れてゆく片恋がみせる被害妄想だろう。八木は昨日の夜までは確かにあったはずの敗北感や嫉妬《しっと》心が萎《な》えていることに気づき、彼の微笑みを素直に受け取った。

「何を聞かされているかわからないですけれど、僕がずっとこのふたりに頭が上がらないのは本当です」

拓郎ちゃんは大人の微笑みを浮かべうなずくと、「僕も同じです」と落とし気味の声で言った。同じ間取りだというのに、一階のリビングはソファーや食卓、揃いの椅子や大型液晶テレビ、ビデオラックとずいぶん賑《にぎ》やかだ。その上、犬に割かれたスペースが大きく、部屋の三分の一はドッグランのように仕切られ、親犬と三匹の子犬がじゃれている。そのうちの一匹は起き抜けに目があった美和の「すばる」だ。

そのうち、みんなで記念撮影したいねぇと鈴音が言った。

「近いうち、計画しようか。家の前でバーベキューもいいね」

鈴音と彼の会話に、入っていくことができなかった。これでいいんだという思いが胸に落ちてくる。納得した理由はあとからゆっくり考えることにした。八木の腕に、子犬が渡された。拓郎ちゃんは、ペットフードのリストや動物病院、ワクチンの接種日を書き込んだちいさなノートをくれた。すべて手書きだった。ノートの表紙には「ラッキー」と書かれてある。

鈴音が八木の手におさまった子犬の頭を撫《な》でた。

「ラッキー、八木君を頼んだよ」

細い手首があまりに白くて、うまく笑えなかった。

鈴音からのプレゼントだという紫色のケージには、黄色いキルティングの布団が敷かれていた。骨の形をした牛皮ガムを与えられ、ラッキーがおとなしくケージに入る。

「夜はこれで寝る癖をつけてあるしトイレも大丈夫。あとは毎日お散歩をお願い」

「毎日となると、自信ないんだよな」

「大丈夫。美和でさえ朝晩二回、ウンチ袋持って歩いてるんだから」

でさえ、ってのはどういう意味だと美和が文句を言っている。尖《とが》らせた唇を横目で見た。美和もまた自分と同じく鈴音に甘えているのだろう。その鈴音は夫に甘えている。こんな繋《つな》がりを、自分はいつから見失っていたのだろう。「ジス・イズ」で美和に向かって泣いて頭を下げたという光景を思い浮かべてみる。

みんな、鈴音に自分の希望を託している。それを甘えと呼ぶのなら、それでもいい。細い体に里親たちに求めた「しあわせな人」という条件を背負って、鈴音は生きる。ずっと生きて行く。

胸奥からこみ上げてくる涙は、奥歯を嚙《か》みしめてこらえた。ケージの前にしゃがみ込むと、網目の扉の向こうで、じっとこちらを見つめている子犬と目が合った。

「ラッキー」

わん！　幸運という名の犬が両脚を踏ん張って、八木に応《こた》えた。

ワン・モア

涼しい夜だった。夕時に吹く風はもう秋の気配を含んでいる。夕暮れの歩道を鈴音とふたり、一匹ずつリードを握って歩いていた。リンは鈴音が、子犬は拓郎だ。手元に残す一匹に「ミラクル」という名を付けたのは鈴音だった。

「自分だけ、ちょっと壮大な名前をつけちゃったかな」

「そんなことないでしょう」

「でも、ミラクルだよ」

「じゃあ、俺がつけたってことにすればいいよ」

奇跡という名前の子犬は、リンと同じレバー色だけれど、鼻の頭につむじがあるのでいくらブラシをかけてもそこだけピンと毛が立っている。リンはもう母親の風格で、多少のことではびくともしないけれど、ミラクルはやんちゃな跳ねっ返りだ。散歩の途中で興味の湧いたものに突進してゆくので、拓郎はいつもリードを引っ張られながら歩いている。

「拓郎ちゃん、みんなもらわれていっちゃって、急にさびしくなったね。八木君、今ごろなにしてるだろう。ラッキーはちゃんとご飯を食べたかな」

「鈴音が見込んだ里親でしょう。もう、心配はしないのが約束じゃなかったの」

うなずく横顔がさびしげなのはいつものことだ。子犬がもらわれていった日はどうしても湿っぽくなりがちで、そのたびに拓郎は楽しい話を探すのに懸命だ。再び一緒に暮らし始めてから、一年が経とうとしていた。暮れてゆく太陽を見たあとは、視界が真っ白になる。景色を失った白い空間の中に、一年前の美和の顔が蘇《よみがえ》った。

よく晴れた九月の休日、加良古路島から滝澤医院を引き継ぐために戻ってきた柿崎美和と会った。結婚式で一度挨拶《あいさつ》を交わしたきりだったので、会社の近くのファミリーレストランで待っていると言われたとき、ひどく戸惑った。

内科医、柿崎美和がファミリーレストランで背筋を伸ばし、拓郎を待っていた。

「お忙しいところ、申しわけございません。鈴音のことでお話があります」

「彼女のことなら――」

病気のことを告げられた日に鈴音の家に泊まったことを知っているのかどうか気になり、拓郎は言葉を切った。元女房が大病を患い、情にほだされてよりを戻した男と思われることに、一年前はまだ抵抗があった。何より、鈴音は病名を告げただけで余命の話なんてこれっぽっちもしなかった。「あんまり深く考えなくていい。こうやってまた会えただけで充分だから」と言ったのは鈴音のほうだ。

病気が見つかって、少し戸惑っているだけだから、と言われ、ひと晩一緒に過ごした。泣いていたのは単純に心細かっただけだと言われてしまうと、却《かえ》って優しくできなかった。明け方までに数時間眠り、朝はなにも聞かなかったように滝澤の家を出て、仕事に向かった。あれから二度、メンテナンスの日程のことなどを電話で話してはいたが、そのほかは他愛のないことばかりで病気についてはひとことも触れなかった。

鈴音の病気は、早期の発見だとばかり思っていた。なぜあんなにも楽観していたのか。「たまに、こうやって一緒に食事をしたい」と言われ、入院や手術のときは、遠慮するなと返した。元夫としての範囲を超えない気遣いではなかったのか。あの日鈴音は、家を建てるときに入った保険の特約に「助かった」と言った。

拓郎はあぁ、とうなだれた。鈴音の涙を見たくせに、あんなに雨音が胸に痛かったくせに、先に早期発見などという言葉を使ったのは自分だった。

「医者として客観的な立場から申しあげます」

事実を告げたのは柿崎美和だった。保《も》って半年なんて、聞いていない。鈴音が緩和ケアを希望していることも初めて聞いた。

「僕にできることなんてなにも、なにもないです」

激しく動揺する拓郎にぴしりと視線を合わせたまま、柿崎美和が言った。

「鈴音の体は、わたしが治します。あなたに支えてほしいのは、彼女の気力です。志田さんが支えてくださらなければ、どんな治療も効果が出ない。週明けから治療に入ります。治療とはいっても賭《か》けに近い。鈴音のそばにいてほしいんです。内側から、彼女を支えてください」

　そのくせ美和は「自分は負ける賭けはしない」と言い、深々と頭を下げた。拓郎はどうしていいのかわからず、黙り込んだ。ファミリーレストランの喧噪《けんそう》と、次々に流れる脈絡のない音楽があれほどありがたかったこともない。拓郎は流れる音楽を一曲、二曲と聴き流しながら、ぽつりと胸に落ちてきた疑問を口にした。

「柿崎さんが、自費を投じてまで鈴音を救いたいと思われる理由を、聞かせてくださいませんか。鈴音が望んでいるのは緩和ケアなんでしょう」

　美和は、目元に微《かす》かな迷いを浮かべた。拓郎は言葉を待った。再び一曲、二曲とどこかで聴いたことのある曲が流れていった。沈黙が、市民病院の安楽死事件を思い出させた。

「あなたの過去は過去として、鈴音を治すことで、もしもそんなことが可能だとしたらですが、贖罪《しょくざい》になるとは僕は思わない。それは、誰かがそばについていなければ、耐えられないほどつらい治療ということですか」

「腕も人間も信じていただけないのは百も承知でお願いしています。わたしのことは信じてくださらずともいいんです。でも、鈴音を助けるために用意する治療法については、信じてください。わたしは全力を尽くします」

それでは自分が鈴音と再び暮らすことの答えになっていない、と言いかけた言葉を美和が遮った。医者のくせに、と彼女は言った。

「奇跡を信じたいんです」

風呂《ふろ》上がり、充電中の携帯が鳴り始めた。実家の父からだ。充電器から外したままでは良かったが、鈴音の前で話すことに迷った。再び一緒に暮らしていることは伝えてあるが、病気のことは言っていない。結局、母親の命日にも正月にもいろいろと理由をつけては帰らず終《じま》いになっている。鈴音がミラクルに水を飲ませていた。部屋の隅にあった産箱は取り払われ、バスタオルと二四分のケージが置かれている。電話に出ないのもおかしい。かといって廊下で話すのもためらわれた。拓郎は、えい、と勢いつけて着信ボタンを押した。

「悪いな、今いいか」

「大丈夫。なにかあったの」

何食わぬ顔で、食卓椅子に腰を下ろした。湯上がりの湿った背に別の汗が滲《にじ》んでいた。六十半ばの父と四十に近い息子の会話に共通の話題があるはずもなく、お互いなにかあったときしか連絡を取ることもなかろうと思いながら過ごしている。遠慮がちな父の声はあまり良い想像をさせず、拓郎はわずかに身構えた。

くだらないことなんだが、という前置きをして、父はそこだけ妙に早口で言った。

「結婚することになった」

「誰が」

「俺だ」

どう返答していいものか混乱している拓郎の耳に、父親の言葉がなだれ込んでくる。

「籍は入れない。後々のこともあるし」

「どこでどうしてそんなことになるんだ」質問の意味を、言った拓郎も理解できていない。父の答《こた》えはもっと要領を得なかった。

「社交ダンスのサークルで知り合った。同じ年で山登りが趣味で、性格がいい」

鈴音がこっちを見ていた。目が誰からかと問うている。拓郎は首を振り、うろたえながらも言葉を選び、結局身も蓋《ふた》もない言葉を言ってしまったあと天井を見た。

「なんで結婚なの」

「人生を、逆算するようになった」

拓郎は沈黙した。閉じた未来から現在までの時間を計っているのは、父だけではなかった。等しく訪れるその時が、年齢順とは限らない。

「了解を取るために電話したわけじゃないんだ。お前の荷物、取りにきてくれないか。俺はこの家を出て彼女のマンションに移ることにしたから。この機会に古いものはみんな処分しようと思ってる」

かのじょ、という響きがやけに生々しかった。顧客の顔がいくつかよぎった。あの年代は気ばかり若くて困惑することもあるけれど、変に老けたふりをして自分を守っている女も多い。どちらも年齢の話題のときは嬉《うれ》しそうなのが謎だった。結局のところ女の年齢は、本人の内側にしか基準がないのだろう。

話がそこまで進んでいるものを、反対する理由はなかった。困惑はあるけれど、それも息子としての照れなのだろう。

「いつがいいの。親父の都合に合わせられるかどうかはわかんないけど」

「今週の水曜日、最後の片付けをするつもりだ。お前が休みだったらいいなと思って」

そう言いながらも三日前まで連絡を寄こさなかった父の、ためらいが透けて見えた。

「もっと早く言わなきゃと思っていたんだけど」

「いいよ。水曜日、朝にこっちをでる。昼前には着くようにするから」

電話を切って、鈴音と目を合わせた。父からということには気づいているようだ。携帯を充電器に戻し、穏やかな眼差《まなざ》しに向かって言った。

「親父が結婚するって言い出した」

「本当なの？」問う目がいっそう優しげに弧を描く。頬が持ち上がると、痩《や》せた顎《あご》が尖《とが》った。

「俺、こんな冗談思いつかない。水曜日に片付けるらしい。俺のもの、処分に困ってるだろうから、ちょっと行ってくるよ。新居は彼女のマンションだそうだ」

「彼女って、いくつ？」

「同い年」

「え、息子と？」

「いや、親父と同い年。社交ダンスサークルで知り合ったそうだ。登山が趣味で性格がいいって。良かったんじゃないかな」

それ以上のどんな言葉があったろう。人生を逆算し、不透明ゆえに愛《いと》おしい生を丁寧にひたむきに生きている鈴音には、実の息子よりも父の心根が理解できるのかもしれない。何度もうなずきながら、いっそう優しげな眼差しになった。

「水曜日、わたしも一緒に行っていいかな。お義父《とう》さん、ひとりでいるほうがずっと不自然だったと思う。いろいろ心配かけちゃってるし、ひとことお祝いを言いたいんだけど」

別れた妻と再び一緒に暮らしている理由を、まだ父に告げられずにいる。告げたときも、父は理由を訊《たず》ねなかった。今回の帰省は、自分たちにとって良い機会なのだろう。父が鈴音の姿を見てなにを思うか、考えても始まらない。この痩せかたは尋常じゃないと思われても、仕方ないだろう。懸命に闘う体と心の、心の部分は拓郎に託されている。なんとか一年、支えてきた。支えたといったところで、自分はいったいなにをしてきたろうという思いはくすぶり続けている。内臓写真のようにはっきりと萎《い》縮《しゅく》や治療効果が見えたなら、それはそれで怖いことに違いないが、こうしてなにも見えないのも、怖いことには変わりなかった。

「柿崎先生に相談して、オッケーが出たら連れて行くよ」

鈴音は素直に喜んでいる。子犬の出産や里親探し、些《さ》細《さい》な喜びひとつひとつに反応する彼女の感受性を、胸奥の痛みとともに見つめ続けてきた。画像にも数値にも表れないけれど、良い効果をもたらしていると信じたい。鈴音は早速美和に電話をかけていた。

「拓郎ちゃん、美和が一泊するのか日帰りか、どっちだって訊《き》いてる」

「日帰りにしよう」

鈴音はそのまま電話口に向かって「日帰りだって」と続けた。「わかった」と返事をして電話を切った。紫色の携帯を拓郎の隣の充電器に差し込み、鈴音が笑った。

「美和が、バナナ饅頭《まんじゅう》買ってきてくれって」

水曜日午前九時、鈴音が片道百二十キロの距離ではすべて聴けそうもない枚数のC

Dを持って助手席に座った。B'zに始まり、椎名林檎《しいなりんご》、マイケル・ジャクソン、そしてなぜか沖縄民謡。好きな曲だけ流してはすぐに換えるので、拓郎は調子がつかめないままハンドルを握り続けた。

「もうちょっと落ち着いて聴かせてよ」

「往復四時間でみんな聴くなんて無理。景色も見たいし、好きな曲も聴きたい。久しぶりのドライブだもん」

フロントガラス越しに見る九月の空は、ビニールシートでも広げたみたいに青かった。海岸線では青みが増して目が痛いほどだ。鈴音は昨夜からやけにはしゃいでいた。一緒に風呂に入ろうと誘ってみたり、ひとくちだけと言いながら拓郎の缶ビールを半分近くも飲んでしまったり。一年前は、鈴音のはしゃぎかたのひとつひとつに心が反応していたけれど、今は少し慣れた。

十一時を過ぎたところで帯広市内に入った。拓郎の実家は街の西側に位置する住宅街にあった。開発されてから三十年近く経っているので、並んだ家もどこか時代の古さを感じさせた。ところどころ更地になって売り出されているところもある。あと十年も経たぬうちに、建て替えや取り壊しなどでずいぶんと街並みが変化しそうだ。

実家は、五軒並んだ建売住宅の端にある。角地というだけが唯一の贅沢《ぜいたく》みたいな、質素な二階建ての無落雪住宅だった。サイディングも屋根の補修も、十年ごとに必要なメンテナンスはまったくしていない。家を買って五年で妻に先立たれたあとは働くだけの日々だったのだろう。当時の父を家の様子から想像し、急いでそれを頭から追い払った。

「久しぶりだね、お義父さん、元気かな」

元気じゃないと再婚なんか、と言いかけてやめた。父と息子の新たな一歩は、同じ単語で括《くく》られてはいても、意味合いはまったく違う。拓郎は塀にぴったりと寄せられたワンボックスカーを横目に見ながら、旧式のインターホンを押した。

玄関にでてきた父の表情は、わずかな間をおき、すぐに満面の笑みへと変わった。

「よくきてくれたね。鈴音さん、ちょっと痩せたかな」

「お義父さん、ご結婚おめでとうございます。拓郎ちゃんに無理言って連れてきてもらいました。ひとことお祝いが言いたくて」

「結婚なんて、そんなたいそうなもんじゃないんだよ」

拓郎の荷物は二階の部屋にひとまとめにしてあるという。一階の廊下には既にいくつかの段ボールが重ね置かれていた。父と母の部屋は一階の奥にあった。そこから「その人」がでてこなければ、拓郎もさほど複雑な思いもせずに荷物を運びだせたはずだった。

「こんにちは、初めまして。小林《こばやし》なつといいます」

老婦人というには少し早い気がする小柄な女性が奥の間から現れた。ペパーミントグリーンのかっぽう着を着ている。ダンスと山登りが趣味というだけあって、姿勢もいいし動きも機敏そうだ。小林なつ、と胸奥で繰り返してみた。それが父の新しい妻の名だった。通り一遍の挨拶《あいさつ》を交わし、鈴音を紹介する。

「初めまして、鈴音です」

「伺ってますよ、身内にお医者さんがいるなんて、とてもありがたいことです。特にこんな年寄りには」

離婚したはずのふたりが一緒にいても、事情をあれこれと訊く気はないようだ。彼女の鷹揚《おうよう》な雰囲気は、父にとっても救いなのだろう。小林なつが奥の間を指差した。

「今ね、お母様のものを整理させていただいていたの。おふたりにも見てもらいたいものがけっこうあるんです。よろしかったらお願いできますか」

拓郎は視線を父に移した。父は目を合わせずに下を向いた。母が死んだのは拓郎が十八のときだった。母の死からほどなくしてひとり暮らしを始めた拓郎にとって、この家はまだ、母の存在を引きずっている場所だった。拓郎は、妻の遺品整理を新しい女にさせている父親に呆《あき》れた。

既に家具や家電といった家財道具のほとんどは処分されており、父が言うには、あとはこまごまとした衣類や着物、写真類だけということだった。遺品整理は手つかずのままだったらしい。いくら女手がなかったとはいえ、奥の間になつと同年代の女性がふたりいて、それぞれが気に入ったものをひとつふたつと膝《ひざ》のあたりに寄せているのを見ると笑う気になれなかった。

見も知らぬ女たちが、母の浴衣《ゆかた》や古い帯や袖《そで》を通していない和服の品定めをしていた。家のローンのやりくりをしながら四十代で死んだ母に、そうそう高価な持ち物があるわけもない。いずれも安物ばかりが目につき、拓郎はいたたまれずに階段下に引き返した。

階段を上がる拓郎の後ろを、父がついてくる。鈴音は奥の間に残ったようだ。

拓郎は十八まで暮らした自室に入った。机やロッカーなどは家を出る際に運びだしたので家具は残っていない。押し入れに詰め込んであった子供のころの遊び道具や卒業アルバムが、段ボール箱に三つ。もともと実家に戻る気がなかったことを、押し入れを見て思いだした。当時は、母をなくして萎《しお》れっぱなしの父といるのが、どうにも耐え難かった。

もうずいぶん経った。新しい一歩を踏み出す父を祝いこそしても、疎ましく感じることはないはずだ。それでも、実際に顔を合わせてみると、なにを話していいものか迷っている。父も同じらしく、ふたりでぐるぐると部屋を見回したり窓を開けたりするだけで、会話もない。

段ボールを下に降ろすだけだな、とつぶやいた。父がうなずいた。これから新しい女と新生活を始めるとは思えないほど情けない横顔だった。

「この家、どうする？　貸すか売るかしかないだろうけど、貸すにしてもあちこちガタがきてるから難しいかもしれないな」

「買いたい人がいれば、売るさ」

「こっちの業者にあてはあるのかい」

「お前がいいと思った業者があれば、頼む。土地代も下がっているし、生前贈与にしたって、そう大した額にはならないだろうけど」

「なにも要らないよ、俺は」

建物はほとんど価値がなかった。更地にするにしても、解体費用は売り手持ちだ。建物付きの買い手が現れるのがいちばんなのだが、相当の改修が必要になるだろう。古い建物を新築同然の姿にして売る商品もあるのだが、それも収支のバランスが悪ければ話にならない。拓郎の見立てでは、業者も積極的には動きたがらない物件だった。

わずかに言いよどむ気配のあと、父が口を開いた。

「鈴音さん、痩《や》せたようだが。なにかあったのか」

拓郎はここで本当のことを言おうか言うまいか迷った。昨夜からずっと迷っていた。いよいよ沈黙も耐え難くなったころだった。

「せっかくまた一緒にいられるんだから、大事にしてやれ」父がぼそりとつぶやいた。

拓郎は「うん」と言ったきり、なにも言えなくなった。鈴音の様子に母の姿が重なったのなら、なにも説明する必要はない。ただ、ひとことだけ言い添えたいと拓郎は思った。医学は進歩している。今は、みすみす向こうの世界に旅立たせることなどしなくていい。

「鈴音は、大丈夫だ」

告げたい言葉の何十分の一も言葉にすることができなかった。今度は父が「うん」と言ったきり黙った。

段ボールを玄関に重ねて奥の間に入ると、記憶にある手鞠《てまり》の模様が目に入った。黒地に大小の手鞠が染め抜かれている着物。中学の入学式に母が着ていたものだ。小林なつの友人が膝の上に広げ「ずいぶん若向きねぇ」と言った。隣の女が「胴裏もずいぶん黄ばんでる」と同調している。ふたりの意見は、仕立て直しをするほどのものでもなさそう、ということに落ち着いたようだ。

すっと空気が動いた。

「ごめんなさい、そのお着物、よろしかったらわたしに譲っていただけませんか」

襟先を膝にのせていた女が不思議そうな表情で鈴音を見上げた。

「これ、悪いけれどそんなにお値打ちのあるものじゃないみたいよ。お医者さまならもっといいものをたくさんお持ちでしょう。わたしは娘の着付けの練習用にでもと思ってたんだけれど」

鈴音が欲しがる理由がわからないだけで、取り合うつもりはなさそうだった。小林なつが段ボールを開ける手を止めて言った。

「きっと思い入れのあるお着物なのよ。鈴音さんにはそれがわかるんでしょう」

着物はなつが元どおりにたたみ直し、鈴音に渡した。おおかたの遺品が母親とは何の縁もない女たちへと分配された。拓郎は「一緒に昼御飯でも」という父となつの誘いを断り、段ボールと着物を車のトランクに入れた。黴《かび》とナフタリンのにおいを放ち、母の記憶が分散してゆく場所に、これ以上留《とど》まる気持ちになれなかった。

鈴音は拓郎が車のエンジンをかけたあとも、玄関先で立ち話をしていた。頭を下げ合って、手を振って助手席に座ってもまだ、窓を開けて手を振っていた。新しい女性が出入りし始めた時点で、そこはもう拓郎の実家ではなくなっていた。そんなことをわざわざ確かめるために行ったみたいだ、と言うと、鈴音が唇を尖《とが》らせた。

「もう少し優しくしてあげたらいいのに」

「親父とはいつもあんな調子だったでしょう」

「わたしたちが一緒に行っても、なにも言わなかったよ、お義父さん。きっといろんなこと考えたんだよ。だから、いくら自分の息子でも訊《き》いちゃいけないって思ったんでしょう」

鈴音の正論は、少なからずハンドルを持つ手を乱暴にした。死んだ母親の持ち物が「捨てるくらいなら」という理由で見ず知らずの人間の手に渡ってゆくときの、もの悲しく胸苦しい思いから早く離れたかった。

「お義父さん、なんか若返ってたよね」

「浮ついてんだよ」

「華やかで明るい人で良かったね」

さびしげな目をした女だったら、父も惹《ひ》かれることはなかったろう。必要もないのに好んでさびしい場所へとゆくのは、残り時間がたっぷりある人間のすることだ。父も拓郎も、美和も鈴音も、さびしがっている暇はない。自分たちは前へ前へ、明るい場所へと向かうしかない。

拓郎は小一時間、鈴音がセレクトした曲を聴きながら、会話もないまま走り続けた。高校の卒業式を前に、病院のベッドで「ごめんね」ばかり言っていた母のことを、口にする気にもなれない。命の終わりに、なぜ息子に謝る必要があっただろう。息を引き取ったときも、棺《ひつぎ》に入ったときも、骨だけになってしまったときも、拓郎は上手《うま》く悲しめなかった。あのころずっと耳の奥で繰り返し響いた母の「ごめんね」が、再び拓郎の胸奥からせり上がってくる。

山間《やまあい》の道を過ぎたあたりで、鈴音がぽつりと言った。

「わたし、これでいいと思う。お義父さん、新しい生活を始めるんだよ。やっと、歩きだせるの。新しい奥さんは、お義父さんが今の生活から一歩踏み出す勇気をくれた人なんだなって思ったの、さっき」

拓郎はなおも黙っていた。

だから、お前は俺にも同じことをしろと言うのか——。

一度口を開いたら、言わなくてもいい言葉が飛び出してきそうだった。海岸沿いの道に出ると、波の一枚一枚が陽光を撥《は》ね返していた。鈴音がひとつため息を吐いた。

「わたし、拓郎ちゃんにどっさり荷物を残して逝《い》くのは嫌だな」

「そういうことじゃあないでしょう。自分たちの話に置き換えるのはやめようよ」

卑怯《ひきょう》だろうという言葉を飲み込んだ。卑怯なのは誰だ。俺か。誰なんだ——。

鈴音がCDを換えた。ぴりぴりと張りつめた車内の空気が、沖縄民謡で一気に緩んだ。内心ほっとしながらふと、鈴音があの着物を欲しがったのはなぜだろうと思った。

「あれね、いちばん多く袖を通したんだろうなぁって思ったの。きっとお義父さんも気に入っていた一枚だったんでしょう。何度も着て、ぼろぼろになって価値がでるものもあるんだよ。だから、欲しかったの。でもね、わたしは背がこんなだから振り袖も着たことないの。お母さんは着せたがったんだけどね。髪を結って草履を履いたら、とんでもないことになっちゃうし」

身長が百七十五センチの鈴音の振り袖《そで》姿は、あでやかとはまた別の意味で相当人目につく。美和とは高校、大学、勤め先も同じだったというから、ふたりでいるときはかなり目立ったことだろう。拓郎も背が小さいほうではないのだが、鈴音や美和と一緒にいるとほとんど目の高さが同じだった。

「お前、折り合いのつけかた、間違ってる」

「いいんだ、間違っていても。これがわたしの持っている精いっぱいの現実だから」

沖縄民謡が「精いっぱいの現実」をふわふわと持ち上げては転がしている。「ハイサイおじさん」のフレーズを二度三度口ずさみ、鈴音がふわふわとした声のままフロントガラスに向かってつぶやいた。

「拓郎ちゃんとドライブなんて、何年ぶりだろう。お母さんの目を盗んで、摩周湖《ましゅう》に行ったっけ。あのソフトクリーム、美味《おい》しかったなぁ。なんか、本当に結婚していたのかどうかもわかんないね、こうしてると」

「結婚してたんだよ。してた。だから、離婚したんだ」

嫌になるほどすべてが過去形だった。

二度目に美和に会ったときも、拓郎は迷っていた。正直に「自分は前を向いて歩くことの下手な人間だ」と言った。鈴音と一緒に暮らす踏ん切りがつかなかった。拓郎はファミリーレストランの片隅で、期待に添えず申しわけないと頭を下げた。

「僕は柿崎先生が期待するほど、鈴音を支えられるとは思えないんです」

離婚のきっかけは唐突に訪れた。

開院と同時に妊娠したことも、その妊娠を継続しなかったことも、別れの直接の理由ではないだろう。そうした事実を黙っていたこと、何よりも自分たちの結婚にいちばん反対していた佳乃を火葬場へ連れてゆく朝にうち明けられたことがショックだった。鈴音が選んだ扉と自分が選んだ扉は違っていた。

「それって、今言うことなのか」

「わかんない。なにもわかんないの」

別れたことより、生活や収入や諸々《もろもろ》の格差を埋められると信じていた結婚前の浅はかさを悔いていた。

拓郎は美和に、命に関わる扉を選択させないでほしいと頼んだ。

美和は、拓郎の話を最後まで聞き、すべて吐き出させたところで言った。

「前向きで自信のある人じゃ、駄目なんです。そういう人は、前向きにがんばろうという人の支えにはなれないんです。わたしが志田さんにお願いしているのは、応援じゃない。ただ、そばにいてほしいんです。あの子が望むものは、あなたからの応援じゃないんです。なにも言わずに、鈴音と一緒に犬の散歩をしてください」

美和は再び、頭を下げた。

なぜ自分なのか、という疑問が解けないまま、拓郎は再び滝澤家に住まいを移した。

一緒に暮らし始め、一週間ほど経ったころだった。鈴音が家の名義を拓郎に変更すると言いだした。まだ、わだかまりから完全に脱しきれていなかった。拓郎は腹の内を試されている不快さと怒りで怒鳴った。あのときは、やはりいちど別れた夫婦には、どんな理由があってもやり直しなどきかないのだと思った。

「鈴音、そんな言葉で男をひとり自由にできると思ったら大間違いだ。お前は俺が断れない状況で、どう考えても俺が得するつづらを見せて気持ちを試してる。お前の母親が一年間俺を門前払いしたときも、そうやって大きいつづらを選ぶ人間を腹の中で笑ってたんじゃないのか」

病気に対する気遣いも、鈴音の傷も、自分たちが置かれた状況も、なにも見えなかった。感情が走り出し、止まらなかった。

「違う、拓郎ちゃん。違う。違うの」

ふたりで泣いたのは、あの日が初めてだった。

リンが妊娠したときも、無事に生まれた子犬たちを手放すときも、拓郎と鈴音はいつも泣いた。いい大人が共にぼろぼろと涙を流す理由は、泣いているふたりにしかわからない。こんなところ誰にも見せられないねぇと言いながら涙を拭《ふ》く鈴音は、いつも拓郎より先に笑い始めた。泣くたびに、父と母も同じような時間を過ごしていたのかもしれないと思った。不思議と、嬉《うれ》しいことのほうが涙はたくさんでるようだ。

スピーカーから沖縄民謡が流れ続けていた。真面目な話も、思い出話も、哀しい話すらばかばかしくなるほどの長閑《のどか》さだ。運転席側に広がる海を見ながら、鈴音がけたけたと笑い始めた。

「沖縄、行きたかったんだよねぇ」

「なんで沖縄なんだ」

「新婚旅行、行きそびれちゃったから」

拓郎はこのまま沖縄まで走ろうと決めて、鈴音の歌う「ハイサイおじさん」に声を重ねた。

＊

翌年五月、道東にこの国でいちばん遅い桜が咲き始めた。

午前十時からぱらぱらと集まりだした里親たちが、それぞれバーベキューの炭起こしや我が子の自慢をしては笑い合っている。例年は灰色の空や葉陰で開く花弁が定番だった五月の花見も、今年は青空に恵まれた。

「炭のほうはまかせてください」

名乗りを上げたのは看護師の寿美子だったが、団扇《うちわ》で炭を扇《あお》いでいるのはもっぱら夫の赤沢だ。今日は子犬たちの誕生会に、結婚して一年になる赤沢夫妻の祝いも兼ねている。

「あぁ、もっとこっちからも扇がなくちゃ」と寿美子が言うと、自分は火を消すのが仕事なんだと、涼しい顔でやり返す。その様子を見て笑っていた八木浩一が、寿美子に無理やり団扇を持たされた。八木にもらわれていったラッキーが標準体重を超えているのは誰の目にも明らかで、赤沢がフードを肥満対策用にするといいとアドバイスをしている。八木がなぜプラチナホワイトの子犬にベニと名付けたのか不思議がっていると、赤沢が口を開くより先に寿美子が言った。

「亭主のラッキーカラーが赤だからですよ」

八木がうなずいたとき、すでに寿美子は食材の確認を始めていた。

「彼女、どこにいても仕切ってるなぁ」

「八木さんも、やっぱりそう思いますか」

男ふたりのぼやきは、団扇で扇がれ炭の中へともぐり込む。

切った野菜や肉をキャンプ用のテーブルに並べているのは、トキワ書店の店長と所帯を持ったばかりの新妻だ。寿美子に「詩緒さん、お肉は足りそう？」と訊《き》かれ、彼女がにっこりと答える。

「大丈夫です。足りなかったら、後発隊の亮太さんに買い足してもらいますから」

日本人離れした顔立ちに、グレーのフリースとジーンズ姿。詩緒は、美和と寿美子に請われて、四月から滝澤医院の看護助手をしている。ネームプレートは子供にも読めるようにと「さとう　しお」と平仮名だ。注射を嫌がって泣いている子供にプレートを見せ「甘いのとしょっぱいの、どっちが好き？」と話しかけると、なんのことかわからず、子供が泣きやむという効果がある。

拓郎は、カメラの液晶画面を見ながら無意識に笑っていた。

コンロから少し離れた植え込みの横、桜の木の下でどっかりとディレクターチェアーに座っているのは美和だった。空を眺めたり炭の煙を追い払ったりしながら、あいかわらず煙草を吸っている。レンズを向けるたびに新しい煙草に火を点《つ》けていた。

「先生、今日はひと箱でおやめくださいね」

寿美子に言われて、美和が口の端を持ち上げた。今日の集まりを『お花見誕生会』と名付けたのは美和だった。

「クールな美和先生が、こんなベタなネーミングセンスをお持ちとは思いませんでした」

寿美子が暴露すると、八木が団扇を叩《たた》いて笑い始めた。憤慨した顔は、美和なりのサービスだ。すばるは、黙って美和の横でしっかりと伏せをしている。吠《ほ》え合うきょうだいたちの輪には入らず、黙って主人の命令に従っていた。リンとミラクルは玄関前に繋《つな》がれて、拓郎がおやつをくれるのをじっと待っている。拓郎は、こちらを向いて舌をのぞかせている二匹を撮った。

「おにぎりはまだでしょうかねぇ」

寿美子が辺りを見回した。美和が煙草をくわえたまま、携帯を取り出す。

「こちらは準備万端なんですが、おにぎりはまだですか」

美和の電話から二分ほどして、玄関のドアが開いた。大皿にいくつものおにぎりをのせ、鈴音が拓郎のカメラに向かって皿を持ち上げる。

一枚──。

リンとミラクルは鈴音にササミジャーキーをもらって大喜びだ。続いて、すばる、ベニ、ラッキー。

トキワ書店の店長夫妻にもらわれていった子は、「サトウにシオだから」という理由でペッパーと名付けられた。店長が様子を見にやってきたところで、全員が揃った。

美和が植え込みの桜を見上げたあと煙草をもみ消し、すばると同時に立ち上がった。

「さて、飲むか」

「ちょっと待って、美和。お酒が入る前に記念撮影しちゃおうよ。使用前、使用後の証拠写真を残さなくちゃ」

いたずらっぽく笑う鈴音のひと声で、玄関前に子犬を抱いた里親たちが集まった。

拓郎はカメラを三脚に取り付けた。

「いいかな、写すよ」、全員が声を揃えて「オッケー」。

鈴音はリンとミラクルを抱いて中央に。鈴音の隣にひとりぶんの隙間がある。

「拓郎さん、はやく」寿美子が手招きをした。

「焦らせちゃ駄目だってば」赤沢がたしなめる。

タイマーボタンとシャッターを押して走り、拓郎は鈴音の隣に立った。大急ぎでミラクルを受け取り、カメラに向かって笑う。赤い点滅が速くなり、シャッターが切られた。

「拓郎ちゃん、もう一枚お願い」

見上げた春の空は、どこまでも青かった。拓郎の眼裏に、沖縄で見た空と海が広がる。祈るような気持ちでシャッターを押し続けた三泊四日の沖縄旅行だ。

「なんか、新婚旅行みたいだね」

海に足をひたしながらつぶやいた鈴音の声が、耳の奥に蘇《よみがえ》る。

カメラまで戻ると、美和が鈴音の横で笑っていた。美和に肩車をされたすばるが、おとなしくこちらを見ている。植え込みの桜に視線を移した拍子に、花びらがぼやけてくもった。拓郎は桜の花びら、葉の一枚一枚、空と子犬たち、子犬の里親たち、そして誰より美和に感謝しながら、カメラに隠れて洟《はな》をすすった。

鈴音は生きる。生き続ける。

いつまでも笑っていろ、鈴音——。

「みんな、もう一枚撮るよ!」

拓郎はタイマーボタンを押し、ミラクルを抱いて再び鈴音に向かって走り出した。

解説

北上次郎

絶品である。

もしあなたがまだ独身で、さらに働きはじめたばかりで、これからどんな人生が自分に待っているのだろうかと思っているなら、この小説をぜひ読まれたい。あるいはあなたが定年間近で、過ぎし日のことをあれこれと思い出して、自分の人生はこれでよかったのだろうかと思っているのなら、この連作長編をすすめたい。ここには、死ぬということ、生きるということ、愛するということ、友達とつながるということ、そのすべてがある。これ以上の余計な注釈は無用だろう。あとは黙って読まれたい。

というわけにもいかないだろうから、以下は余計な注釈を付け加える。

本書は、北海道の日本海側に浮かぶ小さな島の診療所に赴任している女性医師、柿崎美和を語り手とする「十六夜《いざよい》」という短編から始まる。そこに、高校の同級生で、いまは実家の病院を再建した滝澤鈴音から電話がきてこの物語が動きだす。大腸癌が肝臓に転移したのであと1ヵ月くらいしか患者を診ることができない。代わりにこの病院を頼めないか、と鈴音は言うのだ。で、柿崎美和は友を助けるために島を出て、滝澤鈴音のもとに駆けつける——本書の大筋を紹介すると、こういうことになる。特に複雑な話ではない。しかし桜木紫乃は、ここに個性豊かな人物を次々に登場させ、さまざまな周囲のドラマを付け加えていく。これがうまい。

たとえば、柿崎美和はなぜ島の診療所にいたのか、ということがまずある。島の診療所にやってくる患者のほとんどが六十歳以上で、糖尿、高血圧、神経痛などの薬の取り次ぎばかりで、緊急性のあるものはすべてヘリと漁船で総合病院に搬送されること。だから島に派遣される医師は病気の発見がおもな仕事で治すことはほとんど期待されていないこと——そういうことが冒頭に説明されるが、そういう島に三十七歳の柿崎美和が赴任してきたのは、市民病院に勤務していたとき、担当患者の孫に頼まれて点滴のチューブから筋弛《しかん》緩剤を入れたことをのちに患者の次男から訴えられたからだ。スキャンダルにまみれた医師を市民病院に置いておくわけにはいかないと、二年間の禊《みそぎ》ぎのために島へ派遣されたのである。この柿崎美和というヒロインの造形が圧巻だ。

彼女は島で、元競泳選手で漁師の青年と夜毎逢瀬《おうせ》を繰り返していたのだ。狭い島で噂になってもまったく気にしない。祖母の安楽死を頼みながら、問題になると美和の提案だったと証言した孫を怨《うら》みもしていない。なぜあのとき、死を待たれている患者を哀れんでしまったのか、と思うだけだ。仕事を続けられるだけありがたいと思えと言った内科部長の言葉にあっさりと頷《うなず》いたのはなぜか、と思うだけだ。ここがポイントだと思うので強調しておくが、柿崎美和が語り手となる章であってもその心中の描写はこのように微妙に避けられていることに留意。「気にしていない」と先に書いたけれど、それは読む側の感想であり、実は本文中にその記載はない。この構成が本書のキモだろう。

というのは、このヒロインは滝澤鈴音の電話に、細かなことは何一つ質問せず、ただ「わかった」と言うのである。そのとき彼女はなぜ即答したのかは描かれない。美和の心中は描かれないのだ。高校の同級生で、放射線技師の八木と鈴音の病気について話していたとき、「わたしが治す」と宣言し、「鈴音はわたしよりもあんたよりも長生きする。わたしがさせる」と力強く言うシーンがあるが、これは八木の視点で描かれる章なので、ここでも当然、美和がどういう気持ちでそう言ったのかは描かれない。そのために、美和の言葉が行間からぐんぐん立ち上がってくる。そういう効果的な構成がここにあることを指摘しておきたい。「ここから桜木紫乃の第2ステージが始まっていく」と『ワン・モア』評に書いたのはこのうまさに唸《うな》ったからにほかならない。

本書は2011年11月に上梓《じょうし》された連作長編だが、その2年後に刊行された連作長編『蛇行する月』を、唐突ながらここに並べてみる。これは高校の図書部に在籍したヒロインたちのその後の人生を描く連作集で、卒業した年の冬から始まって、その六年後、九年後、十六年後、二十一年後と、六つのパートにわかれて描かれる。ポイントは、高校を卒業して和菓子店に就職し、その年の冬に二十も年上の職人と駆け落ちした順子の視点が最後まで登場しないことだ。彼女は図書部の仲間にずっと連絡を続けるのだが、最後までその心中は描かれない。幸せに暮らしている、と図書部の仲間にくる連絡しか読者には知らされない。だから、本当に順子は幸せなんだろうかと気になってくる。図書部の仲間たちもそう思うのだが、その感情を読者もまた共有するのだ。この構成こそが『蛇行する月』の最大のキモといっていい。すなわち、『蛇行する月』につながる萌芽《ほうが》がすでに本書にあったということだ。

周知のように、本書と『蛇行する月』の間に、著者は直木賞を受賞しているが、このようなうまさを獲得することが賞につながったような気がする。いや、もっと正確に書かなければならない。桜木紫乃が直木賞を受賞したのは２０１３年7月である。『蛇行する月』の刊行は２０１３年10月なので、作品発表の時期を考えれば、その執筆は直木賞受賞前だろう。これは２０１４年6月刊行の『星々たち』（これも絶品だ）も同様で、ここには直木賞受賞前の２０１２年から受賞後の２０１４年までに書かれた作品が収録されている。だから、「直木賞を境に、この作家はがらりと変わったというのが私の桜木紫乃評である」と以前書いたことは完全に間違いなのでここで訂正する。勢いあまってそう書いてしまったが、深く考えずに書くのは私の悪い癖である。いい機会なので書き直す。本書『ワン・モア』から始まる第2ステージの高みが直木賞につながったのである。2007年の『氷平線』以降、私はこの作者のいい読者ではなかったことも告白しておかなければならない。桜木紫乃の作品は最初から世評高かったから、最初からそのうまさを内包していて、私がそのことに気付かなかっただけかもしれない（その可能性は大だ）ということも付記しておく。

話を本書に戻して、キャラクター造形が群を抜いていることにも急いで触れておきたい。柿崎美和に事情があるように、滝澤鈴音にも事情があり、それが語られるのが「ワンダフル・ライフ」。初読のときはこの章にいちばん感じ入った。余命半年を宣告された彼女は元夫の拓郎を呼び出すのだ。自分に許された時間を一緒に過ごしてくれないだろうか。拓郎にそう言いたいのだが、自分が彼に与えるものはなにもなく、一方的に求めるだけなのは傲慢《ごうまん》だ。そうも考える鈴音はなかなか言いだせない。じゃあそろそろと拓郎は腰を上げる。それでも彼を引き止められない。「また気が向いたら、パスタ食べにきて。今日はありがとう」。玄関で拓郎を見送ってから鈴音はその場に崩れ落ちる。「技量と人柄、どちらをとっても同期の中では最も信頼できる内科医」であっても、鈴音は死ぬことが怖い。いつも明るく、友達にも周囲にも信頼されてはいるが、死に直面すると怖くて怖くて耐えられない。だから玄関で崩れ落ち、我慢できずに思い切り泣く。喉《のど》からこれ以上ないくらいの声が飛び出る。この姿がぐんぐん迫ってくる。泣き崩れる鈴音の姿から目を離すことができない。

あるいは浦田寿美子だ。市民病院で「内科の神様」と言われた看護師で、鈴音が実家の病院を再建するときに鈴音と一緒に滝澤医院にやってきた四十九歳独身。その市民病院時代に、赤沢邦夫という入院患者がいた。胃の三分の一を切除して退院したが、五年間再発しなければ迎えにきますと彼は言った。寿美子より四つ年下の男性だ。長く看護師をしていれば、退院していく患者に「ぜひ」と誘われることはよくある。だから、こう思う。「すべては病気という魔物に追いつめられたときに見る幻だ。若いナースにもそう指導した。期待しちゃいけない。退屈な入院生活の、自分たちはちょっとした差し色なのだから、と」。それから一度も連絡はない。鈴音に「本当に迎えにきちゃうかもよ」と言われても、「お元気ならちゃんと別の方と幸せになってます」と寿美子は言う。本当にそう思っている。しかし、もしかしたら、という思いもある。期待と不安が、同時に彼女の中にある。はたして赤沢が迎えにくるかどうかは本書を読まれたい。

まだ他にも、鈴音の元夫の拓郎や、美和たちと高校で同級生だった放射線技師の八木など、個性豊かなわき役が揃《そろ》っていて、彼らのドラマはそれだけでも読ませる。もちろん連作であるから、やがてそれらが渾然一体《こんぜんいったい》となっていく。美和と鈴音の周囲に、どんどん積み重なって、奥行きのある大きなドラマになっていく。

ここまででもう明らかかだと思うけれど、本書が死をモチーフにした連作集であることを最後に書いておきたい。安楽死事件で病院を追われた美和、癌になって滝澤医院のあとを美和にまかせたいと考える鈴音、癌が転移しなかったら迎えにくると言った赤沢をどこかで待ち続けている浦田寿美子――その他にもたくさんの死の光景がここにある。愛犬リンの出産シーンが感動的なのは、その周囲に死があまりに多すぎるからである。その対比が鮮やかだ。リンに子供が生まれたら、幸せな人にもらってほしいと鈴音は言う。寿美子は迷う。八木も迷う。はたして自分は幸せであるのかと。愛犬リンの子供は希望の象徴だ。だから、みんなで祈るのである。

いい小説だ。静かで、力強い小説だ。

本書は二〇一一年十一月に弊社より刊行された単行本を文庫化したものです。

ワン・モア

桜《さくら》木《ぎ》紫《し》乃《の》

平成27年 1月25日　初版発行
令和6年 12月15日　9版発行

発行者●山下直久

発行●株式会社KADOKAWA
〒102-8177　東京都千代田区富士見2-13-3
電話　0570-002-301(ナビダイヤル)

角川文庫 18966

印刷所●株式会社KADOKAWA
製本所●株式会社KADOKAWA

表紙画●和田三造

●お問い合わせ
https://www.kadokawa.co.jp/（「お問い合わせ」へお進みください）
※内容によっては、お答えできない場合があります。
※サポートは日本国内のみとさせていただきます。
※Japanese text only

ISBN978-4-04-102384-6　C0193

角川文庫発刊に際して

角川源義

第二次世界大戦の敗北は、軍事力の敗北であった以上に、私たちの若い文化力の敗退であった。私たちの文化が戦争に対して如何に無力であり、単なるあだ花に過ぎなかったかを、私たちは身を以て体験し痛感した。西洋近代文化の摂取にとって、明治以後八十年の歳月は決して短かすぎたとは言えない。にもかかわらず、近代文化の伝統を確立し、自由な批判と柔軟な良識に富む文化層として自らを形成することに私たちは失敗して来た。そしてこれは、各層への文化の普及滲透を任務とする出版人の責任でもあった。

一九四五年以来、私たちは再び振出しに戻り、第一歩から踏み出すことを余儀なくされた。これは大きな不幸ではあるが、反面、これまでの混沌・未熟・歪曲の中にあった我が国の文化に秩序と確たる基礎を齎らすためには絶好の機会でもある。角川書店は、このような祖国の文化的危機にあたり、微力をも顧みず再建の礎石たるべき抱負と決意とをもって出発したが、ここに創立以来の念願を果すべく角川文庫を発刊する。これまで刊行されたあらゆる全集叢書文庫類の長所と短所とを検討し、古今東西の不朽の典籍を、良心的編集のもとに、廉価に、そして書架にふさわしい美本として、多くのひとびとに提供しようとする。しかし私たちは徒らに百科全書的な知識のジレッタントを作ることを目的とせず、あくまで祖国の文化に秩序と再建への道を示し、この文庫を角川書店の栄ある事業として、今後永久に継続発展せしめ、学芸と教養との殿堂として大成せんことを期したい。多くの読書子の愛情ある忠言と支持とによって、この希望と抱負とを完遂せしめられんことを願う。

一九四九年五月三日